Jo Pestum

Die falschen Rauschgoldengel

Ein Weihnachtskrimi in 24 Kapiteln

Achtung!

Dies ist ein Weihnachtskrimi in 24 spannenden Kapiteln! Er funktioniert wie ein Adventskalender: Jeden Tag vom 1. bis zum 24. Dezember kannst du ein „Türchen", das heißt also ein Kapitel, öffnen. Am besten du nimmst dazu ein Lineal oder einen Brieföffner. Probier's gleich mal aus!

Jo Pestum
studierte Malerei und arbeitet als Schriftsteller sowie als Film-, Funk- und Fernsehautor. Er zählt zu den bekanntesten deutschen Kinder- und Jugendbuchautoren.

Weitere Weihnachtskrimis in 24 Kapiteln von Jo Pestum im Arena Verlag:

Die Jagd nach dem Weihnachtsgespenst (Band 60037)
Gefährliche Spur im Weihnachtswald (Band 06960)
Eine böse Weihnachtsüberraschung (Band 06732)
Die Christbaumräuber (Band 06759)
Weihnachtsspuk um Mitternacht (Band 06760)

Weihnachtsspuk um Mitternacht (TB 50484)
Die gestohlenen Weihnachtsgeschenke (TB 50644)
Die Weihnachtsmarktdetektive (TB 50422)
Das verschwundene Christkind (TB 50265)
Die Lamettabande (TB 50770)
Die geheimnisvollen Engel (TB 50408)

Jo Pestum

Die falschen Rauschgoldengel

Ein Weihnachtskrimi in 24 Kapiteln

Mit Bildern von Lisa Althaus

Arena

1. Auflage 2016

Einband- und Innenillustrationen: Lisa Althaus
Gesamtherstellung: Westermann Druck Zwickau GmbH
ISBN: 978-3-401-60148-9

www.arena-verlag.de
Mitreden unter *forum.arena-verlag.de*

1. Dezember

Etwas lebt in der alten Ruine

Wie wild schnüffelte der kleine Hund auf der dünnen Schneedecke der Wiese herum und nieste jedes Mal, wenn die nassen Flocken auf ein Neues seine Schnauze bedeckten. Es war der erste Schnee in diesem Winter. Zwar nur die Sorte Schnee, die gleich wieder zu schmelzen beginnt, kaum dass sie auf dem Boden liegt, aber immerhin war es Schnee.

»Anton, hör auf mit dem Quatsch!« Josa stöhnte und zog heftig an der Leine. »Komm, wir müssen zurück. Ich hab keine Lust mehr, weiter im Dunkeln herumzulatschen.«

Anton sah die Sache allerdings ganz anders. Er hatte ganz offensichtlich viel mehr Spaß an dem Abendspaziergang durch die taumelnden Schneeflocken als Josa. Mit aller Kraft stemmte sich der kleine Terrier gegen die Versuche des Jungen, ihn weiterzuzerren. Er wollte unbedingt den Boden auf dem schmalen Uferweg neben dem gluckernden Bach weiter abschnüffeln. Was gab es da für aufregende Gerüche!

Eigentlich unternahm Frau Bohne, sportlich, wie sie war, die Spaziergänge mit ihrem Hund Anton immer selbst: morgens, mittags und abends. Weil sie aber an diesem Mittag im Schneematsch ausgerutscht war und nun ihr aufgeschrammtes Knie schonen musste, hatte sie ihren Nachbarn Josa gebeten, den Abendgang mit ihm zu übernehmen. Josa hatte sofort Ja gesagt, denn er wusste, dass sie ihm mit Sicherheit wieder eine kleine Belohnung geben würde, und ein bisschen zusätzliches Taschengeld konnte er jetzt vor Weihnachten wirklich gut gebrauchen. Viel entscheidender war jedoch, dass er die freundliche alte Frau mochte – und ihren wuseligen und ein bisschen eigenwilligen Hund auch.

Aber nun reichte es allmählich! Seit fast einer Stunde waren sie unterwegs, der Stadtrand lag weit hinter ihnen zurück und es war bitterkalt. Außerdem wirkte die Landschaft in der Dunkelheit ziemlich unheimlich und Josa hatte inzwischen ganz fürchterlichen Hunger.

»Nur noch bis zum Kloster!«, sagte Josa zu Anton und streichelte dabei sein schwarzes, wuscheliges Fell. »Dann geht's heim zu Frauchen. Verstanden?«

Als Antwort bekam er ein begeistertes Bellen. Keuchend stürmte der Hund weiter und Josa musste höllisch aufpassen, dass ihm bei dessen Tempo die Leine nicht aus den Händen flutschte. Anton war zwar klein, aber er hatte Kraft wie ein Elefant!

Hundert Meter waren es noch, vielleicht ein bisschen mehr. Die Ruine des Ludgerus-Klosters lag auf der anderen Seite des Baches. In der vierten Klasse hatte Josa gelernt, dass Benediktinermönche es im Mittelalter gebaut hatten. Irgendwann hatte das Kloster an Bedeutung verloren und die Mönche waren abgezogen. Nach einem Brand war das Gemäuer nun seit Jahrzehnten schwarz verfärbt.

Mit vollem Körpereinsatz war es Josa endlich gelungen, den Hund zum Stehen zu bringen. Anton nutzte die kleine Pause, ließ sich in eine Schneewehe plumpsen und wälzte sich auf dem Boden herum. Josa war vom Rennen ziemlich erschöpft und atmete erst einmal tief durch.

Dann schaute er zur Ruine hinüber. Bedrohlich, wie ein überscharfer Scherenschnitt, zeichnete sich das düstere Gemäuer vor dem dunkelgrauen Abendhimmel ab: Das Portal sah wie ein schreckliches Maul aus, der zerstörte Giebel wie ein kaputtes Gebiss und der Kirchturm wie ein gigantisches Gespenst.

Und war da nicht auch geheimnisvolles Flüstern zu hören?

Plötzlich sah er ein Licht aufflackern.

Er zuckte erschrocken zusammen. Das konnte doch nicht sein – in der Ruine wohnte seit Ewigkeiten niemand mehr, da hausten höchstens Ratten und Fledermäuse.

Der gelbliche Lichtstrahl schien aus einem kleinen Kellerfenster zu dringen. Josa kniff die Augen zusammen, aber we-

TÖPFEREI

gen der vielen Schneeflocken, die durch die Luft wehten, sah er auch so nicht mehr. Stammte das Licht von einer Kerze, einer Taschenlampe, einer Fackel? Elektrischen Strom gab es jedenfalls garantiert nicht in dem alten Kasten. Kurz flackerte der Schein auf, als bewegte sich jemand.

Josa war die Sache nicht geheuer. Er lauschte angestrengt. Kein Zweifel, da waren Geräusche. Kamen die von dem Wind, der zwischen den Mauern wimmerte, oder waren das Stimmen von Menschen?

Jedenfalls war Josa sich sicher, dass er nicht träumte. Was er sah und hörte, war Realität. Und da stellte sich logischerweise die Frage: Warum war jemand an diesem verschneiten und nasskalten Winterabend im Keller eines ehemaligen Klosters?

Den Gedanken, dass dort vielleicht die Seelen der Mönche von damals herumgeisterten, radierte Josa sofort wieder aus seinem Kopf. Lächerlich!

Ein mulmiges Gefühl konnte er dennoch nicht vertreiben.

Vorsichtig ging er in die Knie und zog an Antons Halsband. »Komm, hoch mit dir!«, flüsterte er. »Wir hauen lieber ab.«

Spürte der Hund, dass Josa nervös und aufgeregt war?

Erstaunlicherweise leistete er kaum Widerstand, als sie auf dem schmalen Pfad zurück zur Stadt gingen. Mehrmals blieb Josa stehen und schaute zurück, aber die Mauern des Benediktinerklosters waren bereits im Dunkeln verschwunden.

Doch da hörte Josa wieder etwas aus der Richtung. Sprang nicht irgendwo ein Automotor an?

Inzwischen hatte es aufgehört zu schneien.

Josa zog seinen gestreiften Schal zu den Ohren hoch. »So, jetzt lass uns so schnell wie möglich nach Hause gehen.«

Das ließ sich der Hund nicht zweimal sagen. Wie ein Blitz sprang er los und zog Josa hinter sich her. Wahrscheinlich hatte Anton inzwischen auch Hunger.

Während sie den Weg nach Hause rannten, hüpfte Josa über die vereisten Regenpfützen, um keine Bauchlandung auf dem glitschigen Weg zu machen. Er merkte, dass ihm trotz der Kälte der Schweiß ausbrach.

Mit hängender Zunge und völlig außer Puste kamen beide zu Hause an.

Als Josa bei Frau Bohne klingelte, war seine Nachbarin sofort an der Haustür. »Da habt ihr aber einen langen Spaziergang gemacht, ihr zwei Rumtreiber. Ich habe mir schon Sorgen gemacht. Ist etwas passiert?«

»Nein, alles in Ordnung!« Josa löste die Hundeleine vom Halsband und ließ Anton ins Haus flitzen. »Wie geht es Ihrem Knie?«

»Es tut noch weh, wenn ich es bewege, aber nicht mehr so sehr. Ich hab es gut verpflastert und einen Essig-Umschlag gemacht.« Die alte Dame griff in die Tasche ihrer geräumigen Wolljacke. »Hier! Ein kleines Dankeschön für deine Hilfe. In dem Umschlag ist ein bisschen Taschengeld und in der Tüte steckt ein Stück Christstollen. Den magst du doch so gern, nicht wahr?«

»Und wie, Frau Bohne!« Josa grinste. »Ihr Christstollen ist der allerbeste. Vielen Dank!«

»Ach, du Schmeichler!« Frau Bohne lächelte verlegen. »Und jetzt mach, dass du heimkommst. Deine Mutter fragt sich sicherlich schon, wo du bleibst.«

Bevor Josa die Tür nebenan aufschloss, wollte er unbedingt seinem besten Freund erzählen, was er beim schwarzen Kloster gesehen hatte. Er zog das Handy aus der Hosentasche und wählte Simons Nummer.

Er ging sofort ran.

Hat Simon vielleicht eine Ahnung, wer oder was sich hinter dem mysteriösen Licht verstecken könnte?
Lies morgen weiter!

2. Dezember

Detektive träumen nicht!

Simons Stimme war kaum zu verstehen. Um ihn herum schien es wie auf einer Baustelle zuzugehen: Da wurde gesägt, gehämmert und gebohrt.

»Was ist das denn für ein Krach bei dir?«, schrie Josa in sein Handy. »Sprich mal lauter! Wo bist du?«

Simon lachte, es raschelte, dann wurde seine Stimme deutlicher. »Ich bin auf dem Rathausplatz und helfe meinem Onkel, seine Holzbude aufzubauen. Er verkauft jedes Jahr Tontöpfe und solche Sachen auf dem Weihnachtsmarkt und der wird doch morgen Nachmittag eröffnet. Also, was willst du?«

»Stell dir vor, Simon, gerade bin ich mit Anton spazieren gegangen und da hab ich was Spannendes bei der Klosterruine ...«

Simon unterbrach seinen Freund schroff. »Josa, ich interessier mich gerade wirklich nicht für *Klosterruinen*. Wir müssen sehen, dass wir mit dem Stand fertig werden. Wir quatschen morgen in der Schule weiter, okay?« Und zack, hatte Simon einfach aufgelegt.

Toll, da wollte Josa seinem Freund von dem rätselhaften Licht in dem alten Gemäuer berichten, aber dem war die Weihnachtsmarktbude seines Onkels wichtiger. Simon war doch sonst immer scharf auf geheimnisvolle Detektivabenteuer. Wahrscheinlich hatte ihm die kitschige Vorweihnachtszeit das Gehirn vernebelt.

Wütend kramte Josa das Stück Christstollen aus der Tüte und verschlang es in Sekundenschnelle. Dann schloss er endlich die Haustür auf.

Seine Eltern und seine Schwester Katrin saßen gerade am Küchentisch und löffelten Kartoffelsuppe. Unter der Woche gab es bei ihnen immer eine Mischung aus Mittagessen und Abendbrot, wenn sein Vater von der Arbeit als Steuerberater und Katrin von ihrer Ausbildung in der Goldschmiede heimkamen. Seine Mutter arbeitete zu Hause als Übersetzerin skandinavischer Sprachen für einen Kinderbuch-Verlag.

Josa schnappte sich schnell einen tiefen Teller, füllte ihn mit Suppe und fischte drei Würstchen aus dem Topf.

»Da muss Anton dich ja ganz schön durch die Gegend gescheucht haben«, meinte seine Mutter. »Wo habt ihr euch denn so lange rumgetrieben?«

»Am Basch entlang bisch zschum Kloschter«, antwortete Josa mit vollem Mund. »Da hab isch im Keller der Ruine wasch Komischesch geschehen. Da war ein Lischt im Kellerfenschter. Escht gruschelig!«

Josas Vater schmunzelte. »Mensch, Josa, jetzt iss erst mal und sprich dann weiter. So versteht man dich ja kaum! Ein Licht, sagst du? Das kann nicht sein. Zur Zeit darf man das Kloster doch gar nicht betreten wegen den Renovierungsarbeiten. Es gibt wohl eine erhöhte Einsturzgefahr. Jedenfalls wurde das Gelände mit Stacheldraht abgesichert und im Frühjahr sollen die Arbeiten fertiggestellt werden. Hat übrigens erst gestern in der Zeitung gestanden.«

»Das hab ich auch gelesen«, sagte Katrin. »Die haben ein Foto von richtig großen Rissen im Mauerwerk mit abgedruckt.«

»Aber ich hab wirklich ein Licht gesehen!« Josa knallte den Löffel auf die Tischplatte. »Da war ein Licht!«

»Ja klar, träum weiter.« Katrin lächelte ihn mitleidig an.

»Detektive träumen nicht!«, knurrte Josa leise.

»Detektive?« Katrin grinste ihn an. »Hab ich das richtig verstanden? Sicher, jetzt bist du Detektiv und früher warst du Cowboy. Ach nee: Indianer!«

»Nicht streiten!«, mahnte Josas Mutter.

Wütend stopfte sich Josa eine halbe Wurst in den Mund. Sollte seine Schwester doch denken, was sie wollte. Simon und er hatten schon mehr als einmal kriminalistischen Scharfsinn bewiesen. Hatten sie nicht den Feigling entlarvt, der im Inter-

TÖPFEREI

net böse Lügen über ihre Klassenkameradin Raya verbreitet hatte? Waren sie es nicht gewesen, die die Täter ertappt hatten, die in der Schulbücherei Seiten aus den Büchern gerissen hatten? Und hatte es die Polizei nicht ihren Ermittlungen zu verdanken, dass sie den Typen fassen konnten, der den Zweitklässlern die Fahrräder geklaut hatte? Aber davon hatte seine Schwester ja keine Ahnung! Also antwortete Josa ihr gar nicht, sondern strafte sie nur mit einem bösen Blick.

»Josa, sag mal, musst du nicht noch Hausaufgaben machen?«, wollte sein Vater wissen.

»Ne, Papa, so kurz vor Weihnachten geben uns die Lehrer kaum noch etwas auf.« Er hielt sich den Bauch fest. Jetzt war er wirklich satt.

Nach dem Abendessen gingen seine Eltern ins Wohnzimmer, Katrin verschwand, um mal wieder mit ungefähr tausend Leuten zu twittern, und Josa legte sich in sein Bett und las noch ein paar Seiten im dritten Band von *Der Herr der Ringe*.

Das Bild von dem geheimnisvollen Licht in der Klosterruine nahm er mit in den Schlaf.

Als Josa am nächsten Morgen das Haus verließ, schlug ihm ein eisiger Wind entgegen. Er zog den Schal bis über die Nase und rannte zur Bushaltestelle. Dort wartete sein Freund Simon zusammen mit anderen Schülern schon auf den Bus.

»Boah, ist das kalt!«, rief er Simon zu und sein bester Freund begrüßte ihn mit einem Handschlag.

»Oh ja! Was war denn gestern Abend so spannend bei der Klosterruine, dass du's mir unbedingt erzählen wolltest?«, fragte Simon.

»Och, nicht mehr so wichtig. Du interessierst dich doch nicht für so etwas«, antwortete Josa betont gelassen. »Holzhäuschen für den Weihnachtsmarkt sind dir ja wichtiger.«

»Mann, Josa, ich war total im Stress«, erklärte Simon. »So 'ne Hütte aufzubauen, das ist verdammt viel Arbeit, das kannst du mir glauben. Jetzt sag schon: Was war denn so spannend bei der Ruine?«

»Da spukt es! Oder ...«, Josa schaute seinem Freund verschwörerisch in die Augen, »... da passiert was Kriminelles! Es war ja ziemlich dunkel, als ich mit dem Hund am Bachufer entlanggelaufen bin. Und als wir auf der Höhe der Ruine waren, flackerte plötzlich ein Licht im Keller auf. Und Stimmen hab ich auch gehört. Glaub ich jedenfalls. Das war ganz schön unheimlich.«

Simon stieß eine Atemwolke aus. »Warum hast du denn nicht mal nachgeschaut, was sich da im Keller abgespielt hat? Oder hattest du Angst?«

»Bitte?« Josa machte ein entsetztes Gesicht. »Ich hab niemals Angst, das solltest du am besten wissen. Das Wort kenne ich überhaupt nicht! Aber denk mal logisch: Erstens hatte ich Anton bei mir und der hätte vielleicht gebellt und dann wär ich beim Spionieren sofort aufgeflogen. Und zweitens waren wir auf der anderen Seite vom Bach.«

»Du hättest rüberspringen können«, sagte Simon lässig.

»Ja, klar! Der Bach ist vier, fünf Meter breit. Mindestens!«

»Ist ja gut!« Simon lachte. »Ich wollte dich bloß ein bisschen ärgern. Meinst du, wir sollten mal nachforschen, ob in dem alten Gebäude nicht doch vielleicht tote Mönche rumgeistern?«

Josa nickte zustimmend. »Ja ... da gibt's allerdings noch ein Problem. Das Gelände ist mit Stacheldraht abgesperrt. Betreten verboten. Hat mein Vater jedenfalls behauptet.«

»Pah!« Simon knallte die Handschuhfäuste gegeneinander. »Seit wann lassen wir uns denn von so 'ner doofen Absperrung stoppen? Und der, der da herumgespukt hat, ist ja auch in das Gemäuer gekommen. Ich wittere ein Abenteuer!«

Ob sich Simon und Josa wirklich in die Ruine wagen?
Lies morgen weiter!

3. Dezember

Spuren im Schnee

Der Schulbus hatte nur zwei Minuten Verspätung. Als er anhielt, gab es ein großes Gedrängel, denn alle wollten schnell ins Warme. Der Fahrer war neu und schien ziemlich schlechte Laune zu haben, denn er prüfte ganz pingelig die Monatskarten von jedem einzelnen Schüler.

Auf der Fahrt zur Schule wurde mit viel Gebrüll diskutiert, warum die Weihnachtsferien nicht schon an diesem Freitag anfingen. Alle waren sich einig: Es war absolut unnötig, dass sie am kommenden Montag und Dienstag noch mal in den Unterricht mussten!

»Die haben Spaß daran, dass sie uns quälen können!«, rief Julia laut in die Menge und fuchtelte dabei wild mit den Armen.

»Ruhe jetzt! Schluss mit dem Affentheater«, schrie der Busfahrer und drehte am Radioknopf, damit die Musik aus den Lautsprechern das Geschrei übertönte. Zu dem Lärm der Schüler mischte sich nun eine poppige Version von *Leise rieselt der Schnee ...*

Simon und Josa hielten sich die Ohren zu. Der Busfahrer hatte den Geräuschpegel kein bisschen verbessert – im Gegenteil: Nun schrie das Radio mit den Schülern um die Wette. Und so waren sie erleichtert, als der Bus nach einer Viertelstunde die Stadtmitte erreichte und in die Haltestelle vor den Schulhof einbog.

Gleich in der ersten Stunde überraschte sie ihre Klassenlehrerin Frau Koslowski, bei der sie Englisch und Sozialkunde hatten, mit großartigen Nachrichten. »Nach der vierten Stunde habt ihr frei. Kunst fällt aus. Herr Vallböhmer hat sich eine schlimme Grippe eingefangen.« In das fröhliche Gequieke und Geklatsche hinein rief sie: »Freut euch nicht zu früh! Wir schreiben jetzt nämlich einen kleinen Vokabeltest. – Ich will kein Gestöhne hören! Noch haben die Ferien nicht begonnen.«

»Genau das ist das Problem«, brummte Simon.

Auch Josa war klar, dass er den Test verpatzen würde. Er hatte die Vokabeln nicht einmal angeschaut und den letzten Text hatte er nur kurz überflogen, ohne ihn zu verstehen. Wer konnte auch damit rechnen, dass Frau Koslowski so unfair sein würde? Ein bisschen erleichtert stellte er fest, dass es den anderen in der Klasse nicht besser ging als ihm. »Ich schätze, die Koslowski will uns ärgern, weil sie schlecht gelaunt ist. Geht ja vielen Leuten so in der Vorweihnachtshektik. Den Vokabeltest kann sie sich auf jeden Fall in die Haare schmieren, weil wir alle garantiert eh nur Fünfen oder Sechsen kriegen.«

»Vielleicht ist das ja ein Adventsscherz«, meinte Rebecca.

»Haha!« Felix schnaubte. »Toller Scherz!«

Das Ergebnis des Vokabeltests erwies sich später wirklich als ein Scherz. Frau Koslowski erklärte dazu, die Aktion sei eine Mahnung gewesen, die Hausaufgaben ernst zu nehmen, auch kurz vor Weihnachten.

Eigentlich fand Josa es nicht so gut, dass der Kunstunterricht ausfiel, denn er mochte es zu malen, zu modellieren und zu werken. Kunstlehrer Vallböhmer ließ ihnen dabei auch immer alle Freiheiten. Aber an diesem Freitag fand Josa es prima, dass Simon und er sich gleich an die detektivischen Ermittlungsarbeiten machen konnten. Er war fest überzeugt, dass in der Ruine des schwarzen Klosters etwas Überraschendes auf sie wartete.

Das sagte er auch zu seinem Freund, als sie in der großen Pause mit kalten Fingern ihre Butterbrote aßen. »Mein kriminalischtischer Inschtinkt hat mir schignalischiert, dasch in der Ruine etwasch oberfaul ischt.«

»Ganz ruhig, Partner!« Simon grinste. »Das *könnte* sein und darum ermitteln wir auch. Aber vielleicht hast du dich auch einfach nur getäuscht.«

TÖPFEREI

»Ich täusche mich nie!« Josa sprang von einem Bein auf das andere. »Mann, es ist wirklich richtig kalt!« Plötzlich blieb er stocksteif stehen. »Du, wir werden beobachtet. Dreh dich mal ganz langsam und locker um. Das Mädchen neben der Laterne ...«

Simon stopfte sich das letzte Stück vom Butterbrot in den Mund, tat so, als schaue er zu den grauen Wolken hinauf, und richtete den Blick dann wie zufällig zu der Straßenlaterne neben der Turnhalle. Daneben stand ein Mädchen.

»Du hast recht, Josa. Die schaut zu uns rüber. Kennst du sie?«

»Das ist Hanna aus der Parallelklasse.«

Jetzt erkannte Simon sie auch. »Ah, stimmt! Sie hat die Kapuze so tief runtergezogen, da hab ich ihr Gesicht gar nicht gesehen. Vielleicht ist sie in dich verknallt und hat dir beim Hüpfen zugeschaut.« Er kicherte.

»Hahaha! Sehr lustig! Aber schau mal, wie traurig sie aussieht. Vielleicht ist es ja was Ernstes. Wie sie da so einsam steht ...« Josa redete nicht weiter. Er hatte tatsächlich das Gefühl, dass irgendetwas mit ihr nicht stimmte.

Hanna hatte sich inzwischen weggedreht und näherte sich langsam und wie verträumt dem Schuleingang. Der Gong verkündete das Ende der Pause und sie verschwand im allgemeinen Gedränge.

Nur noch zwei Stunden. Deutsch und Musik. Simon und Josa waren mit ihren Gedanken längst bei der Klosterruine. Sie waren die Ersten, die nach der vierten Stunde aus dem Klassenzimmer rannten. Nix wie hin zur Bushaltestelle!

»Ich bring nur rasch meinen Rucksack nach Hause«, sagte Simon, als sie in der Vorstadt-Siedlung aus dem Bus sprangen, »und dann hol ich dich zu Hause ab und unsere Ermittlungen können beginnen!«

Josas Mutter wunderte sich, dass er schon so früh von der Schule heimkam. »Du hast doch nicht etwa die letzten Stunden geschwänzt?«

Josa verdrehte die Augen. »Ich und schwänzen? Würde ich doch nie tun! Nee, Kunst ist ausgefallen. Herr Vallböhmer hat die Grippe. Ich muss aber gleich wieder weg, weil ich mich mit Simon treffe. Heute Nachmittag wird doch der Weihnachtsmarkt eröffnet.«

Seine Mutter nickte nur und wandte sich wieder ihrem Computer zu.

Josa lief in sein Zimmer und stopfte sich die üblichen Detektiv-Utensilien in die weiten Taschen seines blauen Anoraks: Fernglas, Smartphone, Allzweckmesser, Taschenlampe, Block und Stift, Lupe, Maßband ... Und aus der Schale auf dem Wohnzimmertisch schnappte er sich noch schnell ein paar Schokoplätzchen.

Dann klingelte auch schon Simon.

Sie machten sich auf und rannten in Richtung der Ruine. Kein Mensch war in der dunstigen Landschaft zu sehen. Winzige Eiskristalle, die in den Augen brannten, tanzten durch die Luft.

Josa zeigte auf die Reifenspuren in den Schneeresten. »Siehst du? Hier ist gestern Abend ein Auto gefahren, ich habe mich nicht getäuscht. Einmal hin und einmal zurück. Die Profile sind ganz unscharf und ausgefranst. Und in der Nacht ist dann alles festgefroren.« Er erinnerte sich an das Motorgeräusch.

Simon zog das Fernglas aus Josas Tasche und richtete es auf die Umrisse der Ruine, die sich in der Ferne drohend vom Horizont abzeichneten. »Komm weiter! Es scheint niemand da zu sein.«

Kurz vor den Toren des Klosters fanden die beiden die Stelle, an der das Auto geparkt hatte.

Und da waren auch Fußspuren im gefrorenen Schnee zu sehen, die zur Klosterruine führten.

Was finden die Jungen am Ende der Spuren?
Lies morgen weiter!

4. Dezember

Nachthemden für Weihnachtsengel

Simon ging in die Knie und betrachtete die Spuren im Schnee genau. »Zwei Personen«, stellte er fest. »Wow, was für Riesenfüße der eine hat! Guck dir das an, Josa, das ist sicher Schuhgröße 60. Die anderen Schuhabdrücke sind wesentlich kleiner.«

Josa hatte das Maßband aus der Tasche gekramt und zog die Messleiste mit den Zentimetereinheiten heraus. »Ich werde verrückt!« Er staunte, als er die Länge einer der Spuren gemessen hatte. »Fast vierzig Zentimeter. Der Kerl muss ein Riesenmonster sein.«

»Wir dürfen uns nicht irritieren lassen«, mahnte Simon. »Die Abdrücke sind gestern im Schneematsch entstanden, dadurch sind sie vielleicht so weit auseinandergelaufen und später, als es voll kalt wurde, gefroren. Keine voreiligen Schlüsse ziehen!«

»Du hast recht«, gab Josa zu, »wir müssen vorsichtig kombinieren. Fakt ist, dass zwei Personen ihr Auto hier am Weg abgestellt haben und dann in Richtung Klosterruine gelaufen sind. Eine mit großen Füßen, eine mit kleinen Füßen.«

Simon zückte sein Smartphone und machte Bilder von den Schuhabdrücken. »Ein auffallend grobes Profil haben die Sohlen der größeren Schuhe«, stellte er fest, »das Profil der anderen ist viel feiner.«

»Vielleicht waren es ein Mann und eine Frau«, sagte Josa. »Oder ein Mann und ein Jugendlicher.«

Simon lachte. »Oder ein großer Mann und ein kleiner Mann. Los, komm, folgen wir den Spuren zu den Ruinen! Eins ist jedenfalls sicher: Du hast bei deinem Hundespaziergang keine weißen Mäuse gesehen, es waren wirklich geheimnisvolle Besucher hier.«

Die Jungen achteten darauf, dass sie auf dem harten Grasboden blieben, um selbst keine Schuhabdrücke zu hinterlassen. Immer wieder blieben sie stehen und horchten. Von den Ruinen her war ein leises Heulen zu hören, doch das stammte nicht von verdächtigen Personen oder Klostergeistern, sondern vom Wind.

Nach ungefähr hundert Schritten kamen sie an den Zaun. Die Absperrung war so, wie Josas Vater sie beschrieben hatte: Ein robustes Drahtgeflecht umschloss großräumig das gesamte Gemäuer und um den oberen Rand war zusätzlich Stacheldraht gewickelt.

»Verflucht, nie im Leben schaffen wir's da rüber!« Josa hielt sich an dem Draht fest. »Das sind mindestens fünf Meter. Und an dem Stacheldraht würden wir uns ganz sicher die Klamotten zerfetzen.« Dann sah er das große Emaille-Schild, das an der Absperrung befestigt war. »Auch das noch. Na, prima!«

BAUSTELLE
Betreten verboten
Eltern haften für ihre Kinder

Simon verschränkte die Arme. »Mensch, Josa, du willst doch wohl nicht aufgeben? Die Typen gestern Abend sind auch irgendwie in die Ruine reingekommen. Komm, wir laufen mal um den ganzen Zaun rum! Könnte doch sein, dass es irgendwo eine Lücke gibt.«

Simon lief los und Josa folgte ihm, vorbei am Torbogen, am Kapellenturm und an den mächtigen Steinmauern. Sie sahen auch das kleine schmale Kellerfenster, aus dem vermutlich der Lichtschein gedrungen war.

Und dann fanden sie das Loch im Zaun.

»Ha! Hab ich's doch geahnt!«, jubelte Simon triumphierend. »So sind sie gestern also reingekommen. Das sieht ganz schön professionell aus. Ich tippe auf eine Flex oder einen Bolzenschneider.«

Das Loch war groß genug, dass die Jungen mühelos in den abgesperrten Bereich hineinsteigen konnten. Es war wie ein

TÖPFEREI

Fenster in das Drahtgeflecht geschnitten worden. Die herausgetrennten Metallstücke lagen säuberlich geordnet daneben.

»Ich war hier noch nie«, flüsterte Simon, obwohl es eigentlich gar keinen Grund gab, leise zu sprechen. »Kaum zu fassen, dass hier mal jemand gewohnt hat!«

»Ich war schon oft bei der Ruine«, erklärte Josa lässig. »Meine Eltern machen hier gerne ihren Sonntagsspaziergang. Aber dass es ein Kellergewölbe gibt, das ist mir nie aufgefallen. Wie man da wohl reinkommt?«

»Jedenfalls nicht durch den Fensterschlitz. Da passt grad mal 'ne Katze durch. Lass uns mal die Steinplatten zwischen den Mauern entlanglaufen!«

Lange brauchten sie nicht zu suchen. In einer Mauernische mit bemoosten Steinquadern entdeckten sie eine Holzplatte im Boden, die mit einem dicken Vorhängeschloss abgesichert war – aber nur scheinbar. Das Schloss war offensichtlich geknackt worden.

»Eine Falltür!« Josa merkte selber, dass seine Stimme merkwürdig heiser klang. »Ich verwette das Lieblings-T-Shirt meiner Schwester darauf, dass die Einbrecher durch diese Tür in den Keller gekommen sind.«

»Red nicht so viel«, stöhnte Simon, der schon dabei war, die Türplatte hochzuziehen. »Hilf mir lieber mal.«

Zu zweit schafften sie es, die schwere Falltür aufzuwuchten. Eine uralte Treppe mit ausgetretenen Steinstufen wurde sichtbar. Sie schien in gespenstischer Dunkelheit zu enden. Modriger Geruch. Geknister. Das Geräusch von Wassertropfen.

Am liebsten hätte Simon seinem Freund gestanden, dass ihm das alles nicht geheuer war. Aber sollte Josa merken, dass ihm vor Angst die Knie zitterten? Bloß nicht! Also riss er sich zusammen und sagte so gelassen wie möglich: »Okay, dann wagen wir mal den Abstieg! Ich gehe vor, du bleibst dicht hinter mir.«

»Alles klar! Ich bin total neugierig, was uns da unten erwartet.« Josa war ziemlich erleichtert, dass Simon so mutig war und als Erster durch die Falltür abtauchte.

Die Jungs knipsten ihre Taschenlampen an und ließen die Lichtbündel die Treppe hinab und über die Kellerwände wandern. Vorsichtig schlichen sie Stufe um Stufe abwärts.

»Hallo, ist jemand da unten?«, rief Josa.

Der Hall seiner Stimme kam wie ein Echo zurück.

»Willst du die Fledermäuse aus dem Winterschlaf aufwecken?«, fragte Simon und sprang die letzten Stufen hinunter.

Fledermäuse? Nein, hier gab es keine Fledermäuse. In dem bedrückend finsteren Kellerraum, in den nur spärliches Tageslicht durch das kleine Fenster drang, waren Baumaterial und Werkzeug von den Restauratoren gelagert: Zementsäcke, Schaufeln, Maurerkellen, Mörtelkübel, Leitern, Meißel, Gerüstbretter, Hämmer ... Natürlich, die Renovierungsarbeiten konnten ja erst weitergehen, wenn der Winter vorüber war. Zweifellos kannten sich die Einbrecher aus und wussten, dass zurzeit auf der Baustelle nichts los war. Was hatten sie hier bloß gewollt?

»Zu klauen gibt's eigentlich nichts«, stellte Simon fest. »Ein bisschen Werkzeug höchstens. Aber dafür schneidet man doch keine Löcher in den Drahtzaun und knackt Vorhängeschlösser.«

Da hatte Josa eine Idee. Er ließ den Lichtkegel der Taschenlampe im Raum herumgleiten. »Vielleicht haben die Einbrecher nichts *mitgenommen,* sondern etwas *hergebracht!* Dieses Kellergewölbe ist doch ein prima Geheimversteck.«

Und da sahen Josa und Simon es: Über einer Ausklappleiter hingen lange weiße Nachthemden. Eine ganze Menge sogar. An diese waren Flügel getackert, die aus Goldpapier ausgeschnitten und mit Federn verziert worden waren. Daneben lagen goldene Kordeln und Lametta.

Josa hielt eines der Gewänder hoch. »Sehe ich das richtig oder träume ich das nur? Nachthemden für Weihnachtsengel? Was soll denn der Quatsch?«

Ob Josa und Simon auf diese Frage eine Antwort finden?
Lies morgen weiter!

5. Dezember

Ein Drehorgelmann mit falschem Bart

Sieben Gewänder mit Goldflügeln! Simon erinnerte sich, solche komischen Nachthemden mal im Krankenhaus gesehen zu haben, als er sich das Bein gebrochen hatte und immer wieder zum Röntgen dorthin musste. Viele Kranke hatten etwas Ähnliches getragen. Aber was hatten die goldenen Flügel zu bedeuten?

»Könnte aber auch die Verkleidung für 'ne Schauspielertruppe sein«, meinte Simon. »Bei der Weihnachtsgeschichte oder so.«

Josa nickte. »Könnte sein. Aber warum hängen die Klamotten dann in einem Keller rum? Die werden doch bestimmt nicht hier Theater spielen. Aus irgendeinem wichtigen Grund sind sie hier versteckt worden. Mir kommt die Sache sehr verdächtig vor.«

»Auf jeden Fall hat es was mit Weihnachten zu tun. – Ha, hier ist noch was Komisches!« Simon richtete den Lichtstrahl auf einen Stapel Papier, der von den Kleidern halb verdeckt war. »Das sind Fragebogen zum Ankreuzen! Und auf allen Blättern steht dasselbe drauf.«

Josa griff sich eines der Blätter. Feierlich las er vor: »Glauben Sie, dass es Engel gibt? – Glauben Sie, dass Sie einen eigenen Schutzengel haben? – Glauben Sie, dass man manchmal einen Engel sehen kann? – Glauben Sie, dass man zu Weihnachten ...«

Simon riss seinem Freund das Papier aus der Hand. »Blablabla!« Ebenfalls mit verstellter Stimme säuselte er: »Glauben Sie, dass Engel Krankenhaus-Nachthemden tragen?«

»Diese Zettel kommen mir auch verdammt verdächtig vor.« Josa legte den Kopf schief. »Wer stellt denn solche beknackten Fragen? Vielleicht sind das verschlüsselte Botschaften ... Ich bin mir sicher, dass da auf jeden Fall geheime Machenschaften dahinterstecken. Warum hätten die Einbrecher das ganze Zeug hier sonst versteckt? Das schreit nach Detektivarbeit! Recherchen, Observierungen und so weiter ... Das ganze Programm.«

Simon schniefte. »Aber wenn es sich am Ende doch um etwas ganz Harmloses handelt, ein Krippenspiel mit Weihnachtsliedern oder so? Dann stehen wir wie die Deppen da.«

»Abwarten, Simon, abwarten!« Josa schaute durch das Kellerfenster, an dessen Rand ein Eiszapfen hing. »Erst mal machen wir Beweisbilder von diesem Ort hier.«

Simon sorgte für eine ordentliche Beleuchtung und Josa zückte sein Smartphone. Die Flügelkleider, die goldenen Bänder, der Papierstapel und die Fragen auf den Umfragebögen – alles musste genau dokumentiert werden.

»So, fertig. Jetzt lass uns schnell abhauen«, sagte Simon, »mehr gibt es hier unten nicht zu entdecken. Falls die Einbrecher gerade jetzt zurückkommen, um ihren Plunder abzuholen, sitzen wir in der Falle.«

Josa wollte auch schnell wieder ans Tageslicht, denn das mulmige Gefühl in seinem Bauch meldete sich wieder.

Vorsichtig gingen sie die krummen Stufen wieder hinauf, stemmten die Falltür auf und stiegen ins Freie. So leise, wie sie gekommen waren, huschten sie durch das Loch im Zaun wieder hinaus. Josa prüfte mit einem Blick durch sein Fernglas die Lage. Nichts Verdächtiges war in der leeren Winterlandschaft zu erkennen. Allerdings entdeckten sie nun auch Fußspuren im gefrorenen Schnee, die vom Kloster weg zum Feldweg führten.

Simon blinzelte zur dunklen Wolkendecke hinauf. »Es wird bald wieder schneien.« Vereinzelte Eiskristalle tanzten noch immer in der kalten Luft. Simon zog ein Tütchen mit Marzipankartoffeln aus der linken Tasche seiner dicken Wolljacke. »Auch Detektive brauchen hin und wieder ein bisschen Nervennahrung«, sagte er und bot Josa die Packung an.

Sie aßen drauflos. Danach waren Josas Schokoplätzchen an der Reihe. Satt waren sie danach zwar noch lange nicht, aber der größte Hunger war zumindest gestillt.

TÖPFEREI

»Und jetzt?«, fragte Simon. »Wie geht es jetzt weiter?« Er schob den Rand seiner schwarzen Mütze hoch und rieb sich die kalten Ohren. »Eigentlich müssten wir uns hier irgendwo auf die Lauer legen und auf die Rückkehr der Typen warten.«

»Du Witzbold!« Josa tippte sich an die Stirn. »Willst du zur Eissäule erstarren? Vielleicht tauchen die erst in ein paar Tagen wieder auf!«

»Oder wenn es richtig dunkel ist! So wie gestern, als du mit Anton auf der anderen Seite des Bachs rumgelaufen bist.«

Die beiden Jungs beschlossen, am Abend die Ruine zu observieren. Möglicherweise würde ja wieder ein Lichtschein aus dem Kellerfenster kommen. Doch nun wollten sie erst einmal zum Rathausplatz, wo bald der Weihnachtsmarkt eröffnet würde. Simon hatte seinem Onkel Georg versprochen, ihm wieder zu helfen. Im Pfadfinderschritt eilten sie los in Richtung Stadtmitte: hundert Meter rennen, hundert Meter gehen, hundert Meter rennen ... Sie brauchten nicht einmal eine halbe Stunde, bis sie den festlich geschmückten Platz erreicht hatten. Simon und Josa waren völlig außer Puste und mussten erst einmal eine Verschnaufpause einlegen.

Die meisten Verkaufsstände waren bereits fertig eingerichtet. Da und dort wurde noch gehämmert und geschraubt. Girlanden und Lichterketten schaukelten im leichten Wind. Die Beleuchtung der riesigen Fichte war noch nicht angeschaltet. Das würde erst nach der Bürgermeisterrede geschehen.

Onkel Georg war sehr erleichtert, als er die Jungs kommen sah. Der Parkplatz für seinen Lieferwagen war ein gutes Stück entfernt und auf das Gelände des Weihnachtsmarktes durften seit Stunden keine Motorfahrzeuge mehr. Also halfen Josa und Simon beim Schleppen. Während die beiden Jungs schwere Kisten und Kartons von dem Wagen hertrugen, drapierte Onkel Georg seine Tonware in den Regalfächern der Holzhütte: Schalen, Krüge, Geschirr, Figuren, Vasen ...

Auf einmal übertönte laute Musik die anderen Geräusche

auf dem Rathausplatz. Ein Drehorgelspieler war wie aus dem Nichts neben der Riesenfichte erschienen, kurbelte wie ein Weltmeister an seinem Gerät und entlockte ihm dabei eigenartige Jaultöne. Erst nach einer Weile war die Melodie zu erkennen: *O du fröh-li-che, o du se-li-ge, gna-den-brin-gen-de Weih-nachts-zeit ...*

»Komm, Josa, wir gucken uns den mal näher an!«, schrie Simon seinem Freund ins Ohr. »Was für ein schräger Typ!«

Der Leierkastenmann mit seiner jammernden Drehorgel war wirklich eigenartig. Er hatte einen krummen Rücken, einen weißen Rauschebart und eine Brille mit dunklen Gläsern auf der Nase. Sein zotteliges graues Haar kräuselte sich unter dem grünen Zylinder aus Samt hervor. Zu der gestreiften Röhrenhose trug der Mann einen lilafarbenen Frack.

Josa war überrascht. »Man merkt ihm sein Alter gar nicht an, so wie er spielt. Cool, oder?«

»Ziemlich cool!«, bestätigte Simon.

Der Drehorgelspieler hatte eine große Trommel neben sich aufgestellt, an der das Trommelfell fehlte. Die Passanten, die verwundert stehen blieben, wussten sofort, wozu sie da war, und einige öffneten ihre Geldbeutel und warfen ein paar Münzen hinein. Der Leierkastenmann nickte dankend.

Plötzlich, als der Mann seinen Kopf senkte, machte Josa eine Entdeckung. Der weiße Bart war gar nicht echt! Er war mit Gummiband an den Ohren befestigt.

Und jetzt fiel es ihm auf: Die modischen blau-weißen Turnschuhe passten nicht zu den ulkigen Klamotten. Der Kerl war bloß verkleidet, er war gar nicht alt!

Was hat es mit dem komischen Drehorgelspieler auf sich?
Lies morgen weiter!

6. Dezember

Hanna braucht Hilfe

Er hatte den Lügner entlarvt! Josa klopfte sich im Geiste selbst anerkennend auf die Schulter, dann teilte er seine Entdeckung seinem Partner mit, indem er auf die Schuhe und den Bart deutete.

Simon begriff es sofort, als er sah, wohin Josa zeigte. Klar, die sportlichen Schuhe und das restliche Outfit passten wirklich nicht zusammen. Das falsche Zottelhaar verdeckte nur dürftig das Gummiband, das den Vollbart festhielt. Und die gebückte Haltung war total übertrieben und reine Schauspielerei. Nur, was hatte die ganze Show zu bedeuten?

Simon zog Josa von dem lärmenden Instrument weg, damit sie über ihre Beobachtung reden konnten. »Hast du 'ne Ahnung, was der Blödsinn zu bedeuten hat? Warum macht der sich wohl zum Affen?«

»Keine Ahnung!« Josa zuckte mit den Schultern. »Wahrscheinlich will er einfach auffallen und denkt sich, dass die Weihnachtsmarkt-Besucher so einem komischen alten Clown eher was spenden als einem jungen Drehorgelspieler in Jeans und Lederjacke. Nur mit den Schuhen hat er einen Fehler gemacht. So etwas fällt doch auf, die Leute müssen doch misstrauisch werden.«

»Das denkst du, Josa, und das denke ich. Aber wir schauen auch viel genauer hin – wie echte Detektive! Die meisten Leute auf dem Weihnachtsmarkt haben doch ganz anderes vor. Die wollen was kaufen oder schnell was Leckeres essen. Die achten gar nicht so auf die Kleinigkeiten. Vielleicht hat er sich das auch gedacht und bei seiner Verkleidung einfach nicht auf die Schuhe geachtet.«

Josa musste unwillkürlich grinsen. Genau das Gleiche hatte er sich auch gedacht, sie waren wirklich ein gut eingespieltes Team. »Die Verkleidung könnte möglicherweise etwas mit einer Ablenkung zu tun haben oder mit einer Tarnung. Es muss einen Grund dafür geben, dass er sich so komische Klamotten angezogen hat.«

»Soll vielleicht nur Spaß sein.« Simon winkte ab. »Vielleicht hat er mit seinen Freunden gewettet, dass er sich traut, in schrillen Sachen als buckliger Drehorgelmann aufzutreten. Ist ja eigentlich auch egal.«

Das sah Josa allerdings anders. »Warum muss ich jetzt wieder an die sieben Nachthemden mit den Engelsflügeln denken? Das war auch total auffällig. Vielleicht gibt es weitere Ähnlichkeiten? Da ist was im Busch, das spüre ich! Wir müssen die Augen offen halten und ...«

»Stopp mal!«, unterbrach Simon seinen Partner und zeigte zu der großen Fichte. »Wir werden schon wieder beobachtet. Was will die bloß von uns?«

Hanna stand im Schatten des Weihnachtsbaums. Als sie sah, dass die zwei Jungs sie erkannt hatten, hob sie grüßend die Hand und ging zögernd auf Josa und Simon zu. Sie schob die Kapuze ihres Mantels nach hinten, damit ihr Gesicht frei war, strich sich das lange schwarze Haar zurecht, das von einem gelben Stirnband gehalten wurde, und gab sich entschlossen einen Ruck. »Hi! Ich bin Hanna.«

»Das wissen wir«, antwortete Simon. »Du hast uns heute Morgen in der großen Pause auch schon beobachtet.«

Und Josa ergänzte: »Wir merken nämlich alles.«

Hanna lächelte. »Na ja, ihr habt in unserer Stufe ja auch den Ruf, gerne als Detektive unterwegs zu sein. Deswegen wollte ich euch heute Morgen schon was fragen, aber dann war die Pause schon beinahe rum und ...«

Simon fuhr schnell dazwischen. »Was wolltest du uns denn fragen?«

Hanna zeigte zum Drehorgelspieler. »Der alte Mann da mit dem Leierkasten, der ist gar kein alter Mann.«

»Das haben wir auch gemerkt.« Josa grinste. »Wegen dem falschen Bart und so.«

TÖPFEREI

Simon nickte eifrig. »Wie Josa schon gesagt hat: Wir merken nämlich alles.«

Hanna legte den Kopf schief. »Kann es sein, dass ihr ein bisschen eingebildet seid?«

»Ähm, nein!« Josa wurde verlegen. »Ich meine, dass wir *alles* merken, das ist doch nicht so gemeint. Aber im Kombinieren und Ermitteln sind wir trotzdem ganz gut ... Was wolltest du uns fragen?«

»Ich wollte euch fragen, ob ihr mir vielleicht helfen könnt.« Hanna lächelte, aber es war kein fröhliches Lächeln. »Weil ihr doch ganz gut im Kombinieren und Ermitteln seid. Da dachte ich ...« Hanna schaute auf ihre Schuhspitzen. »Es ist mir etwas peinlich, versteht ihr?«

»Nein, verstehen wir nicht«, sagte Simon. »Sag schon! Wir müssen systematisch vorgehen.« Er wies mit dem Kinn zum Leierkastenmann hinüber. »Hat es was mit dem zu tun?«

»Ja, hat es«, sagte Hanna entschlossen. »Mit ihm und seiner Freundin Karla und meiner Schwester Laura. Die sind in so einer Clique. Der Drehorgelspieler wird übrigens Coco genannt. Wie er richtig heißt, weiß ich nicht. Jedenfalls ist er so etwas wie der Anführer. Und ich hab das Gefühl, dass die irgendetwas Geheimes planen – vielleicht sogar was Kriminelles. Wenn Laura und Karla so rumtuscheln ... Ich habe einfach Angst, dass meine Schwester in irgendetwas Schlimmes reingezogen wird.«

Die Drehorgel dudelte inzwischen ein Durcheinander von Weihnachtsliedern, immer nur die Anfangstakte: *Mor-gen kommt der Weih-nachts-mann ... Sü-ßer die Glo-cken nie klin-gen ... Mor-gen, Kin-der, wird's was ge-ben ...*

Coco kurbelte wie verrückt, Münzen flogen in die Trommel, hin und wieder klatschten ein paar Leute Beifall.

»Erzähl weiter, Hanna!«, forderte Josa. »Wie ist deine Schwester in diese Clique geraten? Kannst du deinen Verdacht konkreter begründen? Wir brauchen Fakten.«

Hanna zögerte. Sie wirkte ein wenig hilflos. »Ich habe schon seit Monaten das Gefühl, dass Laura sich irgendwie verändert hat ...«

»Fang ganz von vorn an«, sagte Simon. »Was macht deine Schwester denn so? Und wie alt ist sie?«

»Sie ist siebzehn. Sie ist Azubi im Krankenhaus. Dort macht sie eine Ausbildung zur Krankenschwester. Und da hat sie Karla kennengelernt, weil die da auch Azubi ist. Die beiden sind dann richtige Freundinnen geworden. Karla hat Laura dann in diese Clique gebracht. Und dann fing Laura an, sich zu verändern.« Hanna schluckte. »Sie wurde mir immer fremder.«

Josa legte die Hand auf Hannas Schulter. »Was machen die denn in ihrer Clique?«

»Viel Party. Mal in 'ner Disco, mal bei jemandem zu Hause, wenn sturmfrei ist, mal draußen im Wald oder am See.« Hanna rieb sich nervös die Hände. »Na ja, und sie klauen manchmal auch. Zumindest glaube ich das, weil Karla und Laura oft so komische Andeutungen machen.«

»Hast du dafür denn irgendwelche Beweise?«, wollte Simon wissen.

»Ja. Zum Beispiel neulich, da kamen Laura und Karla abends vom Krankenhaus und sie hatten eine große Plastiktüte dabei. Da waren Klamotten drin. Hemden oder was Ähnliches. Sie meinten, das wäre ganz billig gewesen, und dabei haben sie fürchterlich gelacht.«

In den Köpfen der beiden Jungs machte es gleichzeitig Klick. Krankenschwestern, Hemden: Ging es um die Nachthemden im Keller der Klosterruine?

Haben die beiden Detektive hier richtig kombiniert?
Lies morgen weiter!

7. Dezember

Josa und Simon machen einen großen Fehler

Hanna und die Jungs tauschten ihre Handynummern aus. Dann ließ Simon sich von dem Mädchen per WhatsApp Fotos von Laura und Karla schicken. Von Coco hatte Hanna kein Bild.

»Wie hast du denn Coco hier überhaupt erkannt?«, fragte Josa Hanna. »Mit der Verkleidung!«

»Purer Zufall war das. In der Maskierung hätte ich ihn bestimmt nicht erkannt. Als ich vorhin auf der Rückseite vom Rathaus vorbeilief, sah ich seinen Wagen auf dem Parkplatz. Ein blauer VW-Bus, ein ziemlich altes Ding. Coco war gerade ausgestiegen und schleppte die Drehorgel aus dem Wagen«, erklärte Hanna. »Ein Typ half ihm dabei, vermutlich einer aus der Clique, der ist dann aber verduftet. Ich konnte Coco ganz deutlich erkennen, weil er erst danach den Bart, die Zottelperücke und den Zylinder aufgesetzt hat. Ich bin ihm dann heimlich gefolgt – und da hab ich euch gesehen. Noch so'n komischer Zufall. Und da dachte ich mir, jetzt ist der richtige Moment, euch zu fragen, ob ihr mir helft.«

»Und wie können wir das?«, fragte Josa.

»Indem ihr rausfindet, was sie vorhaben, Coco und die anderen. Ich hab Laura gefragt, ob sie irgendetwas planen würden, aber sie hat nur gelacht und gesagt, ich solle nicht herumspinnen. Aber ich weiß, irgendetwas haben sie vor!« Hanna wurde zornig. »Ich will einfach nicht, dass meine Schwester bei was Falschem mitmacht!« Dann fügte sie leise hinzu: »Ich hab sie doch lieb.«

»Kannst du Coco mal ein bisschen beschreiben? Ich meine, wie er aussieht, wenn er nicht verkleidet ist?«, fragte Simon.

»Alter, Körpergröße, Haarfarbe und so«, ergänzte Josa.

Hanna deutete mit dem Zeigefinger in Richtung Coco. »Wenn er den Rücken nicht so krumm macht und keinen alten Mann spielt, ist er ungefähr eins achtzig groß. Er ist ein bisschen über zwanzig Jahre alt und sehr schlank.« Hanna gluckste. »Guckt euch mal seine dünnen Storchenbeine an!«

Das war für Josa die Aufforderung, sich um das Beweismaterial zu kümmern und Coco mit seinem Smartphone zu filmen. Er ging ein paar Schritte näher heran und stellte sich unauffällig zwischen die Leute, die den Orgeldreher neugierig beobachteten. Für eine Identifikation hatte der Film selbstverständlich keinen Wert, aber er gehörte zur Dokumentation des Falls. Die Details waren wichtig: die Hände, die Augen, die hellblauen Schuhe mit den weißen Sohlen ... Vielleicht würden die Bilder später bei der Beantwortung einer Frage nützlich sein.

Danach schlenderte Josa langsam zu Hanna und Simon zurück.

»Was ist mit seinen Haaren?«, fragte Simon.

»Die sind braun«, sagte Hanna, »eher dunkelbraun. Über den Ohren und am Hinterkopf ziemlich kurz und oben etwas länger. Aber meistens trägt Coco 'ne Ledermütze passend zu seiner Lederjacke.«

»Und wo wohnt er?«, wollte Josa wissen.

»Ich glaube, in der Zimmermanngasse. Da ist auch irgendwo die Bar, in die die Clique oft geht.«

Cocos genaue Adresse kannte Hanna also nicht, aber sie wusste ja nicht einmal seinen richtigen Namen, dachte sich Josa.

Hanna schaute hoch zur Rathausuhr. »Oje! Ich muss nach Hause. Freitags kommt mein Papa früher von der Arbeit und ich koche uns dann immer etwas. Laura hat Spätdienst. Unsere Mutter lebt nicht mehr.« Den letzten Satz sagte Hanna fast flüsternd. Dann lächelte sie ein wenig schüchtern. »Was ist nun? Übernehmt ihr den Fall? So sagt man das doch in der Detektivsprache, oder?«

»So sagt man das in der Detektivsprache!«, bestätigte Simon. »Wir übernehmen den Fall, aber wir garantieren für nichts.

TÖPFEREI

Vielleicht stellt sich heraus, dass es nur ein Irrtum ist.« Das glaubte Simon allerdings nicht.

»Ruft mich sofort an, wenn ihr was rauskriegt, okay?« Hanna verschwand in der Menschenmenge.

Aus der Drehorgel jaulte die Melodie von *Ihr Kin-derlein, kom-met*. Dann war erst einmal Pause für Coco angesagt, denn die Uhr schlug 15 Uhr und die Eröffnungsfeier begann.

Ein Blasorchester marschierte ein und postierte sich auf der Rathaustreppe: Trompeten, Posaunen, eine dicke Basstuba und Flügelhörner. Als die Musikanten mit ohrenbetäubender Lautstärke losschmetterten, flammten an der Riesenfichte tausend bunte Lichter auf und die Weihnachtsbeleuchtungen an den Marktständen und an den Girlanden zwischen den Laternen wurden angeknipst. Plötzlich erstrahlte der Rathausplatz in hellem Glanz. Die Blaskapelle spielte mit voller Kraft. Dann hielt der Bürgermeister eine lange Rede.

»Komm, das müssen wir uns nicht anhören«, flüsterte Josa Simon ins Ohr. »Ich lade dich zu 'ner Currywurst ein!« Er hatte das Taschengeld von Frau Bohne dabei.

Es duftete herrlich: diese Geruchsmischung aus Würstchen, Bratäpfeln, Glühwein, gerösteten Mandeln, Kastanien, Popcorn, Hähnchenschenkeln und Apfelpfannkuchen. Die Jungs suchten sich einen Marktstand aus, bei dem es lecker brutzelte. Doch verkauft wurde erst, nachdem ein Kinderchor die Weihnachtslieder gesungen und der Bürgermeister verkündet hatte: »Der Weihnachtsmarkt ist eröffnet!«

Simon und Josa verschlangen die Wurstscheiben und bissen genüsslich von den Brötchen ab. In den Lichtbündeln der Laternen flirrten silbern die Schneekristalle. Ein wildes Durcheinander an Musik plätscherte aus den verschiedenen Lautsprecherboxen. Vor den Verkaufsständen drängelten sich die Besucher.

»Wir sollten mal nach Onkel Georg schauen«, meinte Simon und pickte das letzte Stückchen Wurst aus der Pappschale.

Josa schüttelte entschieden den Kopf. »Wir müssen uns schnell wieder um Coco kümmern, den dürfen wir nicht aus den Augen verlieren. Wenn er ein konspiratives Treffen mit irgendwelchen Hintermännern hat und ...«

»Hä?« Simon schaute Josa mit zugekniffenen Augen an. »Was bedeutet denn *konspirativ?*«

»Verschwörerisch. Es bedeutet verschwörerisch. Das Wort kommt in der Kriminalistik andauernd vor. Ich tippe auf ein Geheimtreffen an diesem neutralen Ort. Und das sollten wir nicht verpassen.«

Simon wedelte mit der Hand vor seinem Gesicht wie ein Scheibenwischer. »Ein Geheimtreffen zwischen tausend Leuten? Ja, sicher!«

»Kapierst du nicht? In so einer anonymen Menschenmenge achtet niemand darauf, wenn ein paar Kerle zusammen quatschen. Man kann mal ein bisschen mit einem Drehorgelspieler reden, das ist doch nicht verdächtig, oder? Und wenn man zwischendurch ein paar wichtige Informationen austauscht, merkt das keiner.«

Simon rollte mit den Augen. »Okay, Josa, ich versteh schon. Komm, dann beeilen wir uns!«

Zu spät! Die Leierkastenmusik spielte nicht mehr. Coco und sein Instrument waren verschwunden, als hätte sie der Erdboden verschluckt. Hatte das konspirative Treffen schon stattgefunden? War da ruck, zuck ein gefährlicher Deal gelaufen? Hatte Coco mit seiner komischen Tarnung sein Ziel erreicht? War etwas vorbereitet worden? – Oder hatte der Cliquenchef einfach keine Lust mehr gehabt am Orgeldrehen?

»Mist, wir haben einen Fehler gemacht«, knurrte Josa.

»Du sagst es.« Simon stöhnte tief. »Wir haben einen Riesenfehler gemacht.«

Wie kommen die Jungs nun mit ihren Ermittlungen weiter? Lies morgen weiter!

8. Dezember

Das Hinterhaus

Sicher, am liebsten wären sie gegenseitig aufeinander losgegangen, aber das hätte es auch nicht besser gemacht. Warum waren sie bloß so dumm gewesen? Detektive *müssen* logisch denken und handeln. Und logisch wäre es in diesem Fall gewesen, dass einer von ihnen loszieht, um die Currywürste zu kaufen, und der andere weiter wachsam bleibt und die verdächtige Person observiert, das wussten sie beide. Durch ihre Gedankenlosigkeit hatten sie möglicherweise einen entscheidenden Augenblick verpasst.

Josa machte den Versuch, sich selbst zu trösten. »Es könnte ja vielleicht sein, dass Cocos Auftritt nur so eine Art Generalprobe war und dass die echte Aktion an einem anderen Tag stattfindet. Als Ansage für das Publikum: Gewöhnt euch schon mal daran, dass es auf dem Weihnachtsmarkt einen witzigen Orgelspieler gibt und dass das ganz normal ist. Verstehst du, Simon?«

»Vielleicht hängt Coco noch mit 'nem Freund bei seinem Bus rum. Der steht auf der anderen Seite vom Rathaus, hat Hanna gesagt.«

Josa nickte. »Dann nichts wie hin!«

Auf der Rückseite des Rathauses waren zwar jede Menge Autos geparkt, aber ein angerosteter blauer VW-Bus war nicht dabei.

Josa war enttäuscht. »Er ist schon abgedüst.«

»Na, toll!« Simon hingegen war stinksauer, am meisten auf sich selbst. »Hast du 'ne Ahnung, wo die Zimmermanngasse ist? Hanna meinte, dass er dort in der Nähe von einer Bar wohnt.«

Josa zückte sein Smartphone und antwortete wenig später: »Wir müssen zum Busbahnhof und dann so drei, vier Straßen entlang. Ist nicht weit.«

Das stimmte zwar nicht ganz, aber er wollte sich und Simon Mut machen. Fast eine halbe Stunde rannten sie durch die Stadt. Mit der Dämmerung war auch die Kälte zurückgekommen. Feierabendzeit. Wie immer an Freitagen ging das Gewimmel früh los. Viele wollten nach der Arbeit noch schnell einkaufen und entnervte Autofahrer behinderten sich gegenseitig. Gehupe und Stau vor den Ampeln. Im Wind schaukelten und quietschten die Tannengrün-Girlanden mit den bunten Lichterketten über der Fußgängerzone. In den Schaufenstern waren winzige Weihnachtsbäume, Glitzersterne, Adventskränze und allerlei Firlefanz aufgetürmt. Von irgendwoher kam Musik: *Vom Him-mel hoch, da komm ich her ...*

Die beiden Jungs hatten weder Augen noch Ohren für das hektische Treiben. Zielstrebig umkurvten sie die Passanten, und als sie den Busbahnhof überquert hatten, kamen sie in stille Straßen. Hier flimmerten nur die Fernsehbildschirme hinter den Gardinen.

Die Zimmermanngasse war nicht lang. An der Ecke gab es die Bar, die Hanna erwähnt hatte: *Zapp Zarapp*. Durch das Fenster mit den Butzenscheiben konnten Simon und Josa zwei Männer sehen, die am Tresen standen und vermutlich auf dem Heimweg von der Arbeit eine kleine Pause eingelegt hatten. Ob die Gestalt auf der anderen Seite der Theke ein Mann oder eine Frau war, konnten die Jungs nicht erkennen, jedenfalls schien sie ziemlich dick zu sein.

Simon fragte: »Sollen wir reingehen und uns nach der Adresse von Coco erkundigen? Wenn er hier Stammgast ist, wird man uns sicher sagen können, wo er wohnt.«

»Bloß nicht!« Josa hob abwehrend die Hände. »Wenn wir als völlig Fremde nach Coco fragen, schöpfen die Verdacht. Der ist doch angeblich 'ne große Nummer hier in der Gegend. Dann klemmt sich sicher sofort jemand ans Telefon und warnt ihn: *Hey, Coco, hier sind so zwei komische Typen aufgetaucht, die wollen wissen, wo du wohnst.* – Nee, wir müssen unerkannt bleiben. Anonym, verstehst du?«

TÖPFEREI

»Du hast ja recht«, gab Simon zu. »Zu doof, dass wir seinen richtigen Namen nicht wissen. Die paar Häuser hätten wir rasch abgeklappert und die Namensschildchen kontrolliert. Hast du ’ne Idee?«

In diesem Augenblick kam ein kleiner Junge mit einer viel zu großen Bommelmütze auf dem Kopf aus einer Toreinfahrt getrippelt und zog einen winzigen Hund hinter sich her, der ungefähr so klein war wie eine Ratte. Der Junge blieb argwöhnisch stehen, als er Josa und Simon da am Bordstein herumwippen sah.

»Du brauchst keine Angst vor uns zu haben!«, rief Simon dem Kleinen beruhigend zu. »Wir tun nichts.«

»Ich habe keine Angst vor euch«, antwortete der Junge. »Ich könnte nämlich meinen Hund auf euch hetzen, wenn ihr gemein werdet. Bello ist ganz schön gefährlich.«

Wie zur Bestätigung kläffte der kleine Hund dreimal. Es hörte sich mehr nach einem schrillen Quietschen an. Dann hob Bello das Beinchen und pinkelte an den Eckstein der Toreinfahrt.

»Hör mal, Kumpel, du kennst doch bestimmt Coco«, fragte Josa so freundlich, wie er konnte.

»Warum wollt ihr das wissen?«, entgegnete der Junge. »Außerdem bin ich nicht dein Kumpel.«

»Okay, okay, du bist nicht mein Kumpel.« Josa lachte. »Aber du kennst Coco, oder? Er wohnt in dieser Straße.«

Der kleine Junge fragte noch einmal: »Warum wollt ihr das denn wissen?«

Simon wurde ungeduldig. »Wir müssen Coco eine wichtige Nachricht überbringen. Hat was mit Weihnachten zu tun. Also, zeig uns mal, wo er wohnt!«

»Da drüben.« Der Knirps deutete mit seinem Handschuh auf ein cremefarbenes Haus, das schräg gegenüber auf der anderen Straßenseite lag. »An dem Haus müsst ihr vorbei. Dahinter ist noch ein kleines Haus. So ein rotes. Da wohnt Coco. Aber er ist jetzt nicht da ... Pech gehabt!«

»Und woher willst du wissen, dass er nicht da ist?«, fragte Josa.

»Wenn Coco zu Hause ist, dann steht auch sein alter Bus da drüben. Und wenn der Bus nicht da steht, dann ist auch Coco nicht da. Verstanden?«

Der kleine Junge und der kleine Hund zogen wieder ab in die Toreinfahrt. Dieses Mal zerrte das Hündchen den Knirps hinter sich her.

»Das war ja mal 'ne klare Ansage.« Simon lachte. »Jedenfalls wissen wir, dass Coco irgendwo in der Gegend rumdüst. Ob der möglicherweise noch anderswo seine Show als Drehorgelspieler abzieht? Vielleicht bringt er den Leierkasten und die albernen Klamotten auch in ein geheimes Versteck.«

Josa klopfte seinem Partner auf die Schulter. »Bingo! Du hast es erfasst. Er muss die Sachen irgendwo verstecken. Nach Hause kann er sie nicht mitnehmen, so seltsames Zeugs würde die Nachbarn neugierig machen. Als Drehorgelspieler tritt er *inkognito* auf: verkleidet und total getarnt. Ich habe da einen konkreten Verdacht, wo Cocos Versteck sein könnte. Du auch?«

»Wir haben denselben Verdacht. Ist doch logisch!«, entgegnete Simon. »Aber das rote Hinterhaus schauen wir uns trotzdem genauer an. Ich gehe. Gib mir ein Lichtsignal mit der Taschenlampe, falls sich der Bus nähert.«

Schon überquerte Simon die Straße und huschte geduckt in den gepflasterten Weg hinein, der zu dem kleinen Steinhaus führte. Aus den Fenstern des Erdgeschosses strahlte helles Licht auf den Vorplatz. In der Wohnung darüber, die an den Seiten offenbar schräge Wände hatte, war alles dunkel. Simon hörte Musik. Vorsichtig schlich er zur Haustür.

Kommt Coco an diesem kalten Abend noch nach Hause?
Lies morgen weiter!

9. Dezember

Der Mann und das Plüschtier

Zwei Namen standen neben der Haustür. Simon ließ seine Taschenlampe kurz aufblitzen. *Kurrath* stand auf dem unteren Schildchen, *C. Janson* auf dem oberen. Stand das C für Coco oder seinen richtigen Vornamen? Constantin, Claus, Cornelius, Carl, Conrad? Simon machte Fotos von den Namensschildchen und lief zu dem Kaminholzstapel an der Seite des Hauses. Langsam kletterte er hinauf. Der Holzstapel wackelte zwar, kippte aber nicht um. Das Klappern war Simon egal, denn die Musik im Haus war so laut, dass sie alle anderen Geräusche übertönte.

Simon lauschte. Es war klassische Musik. Geigen spielten. Der Fenstervorhang des Zimmers, aus dem die Musik drang, war nur zur Hälfte zugezogen, so konnte er das grauhaarige Paar sehen, wie es am Tisch saß, Rotweingläser vor sich stehen hatte und ein Brettspiel spielte. Schach vielleicht.

Was für eine schönes Bild! Für Coco ist es eine erstklassige Tarnung, in einem Haus mit solchen Leuten zu wohnen, dachte sich Simon. Er machte noch ein paar Bilder, obwohl das alte Paar mit Sicherheit in den detektivischen Recherchen keine Rolle spielen würden, doch sie gehörten nun mal zur Dokumentation.

Plötzlich ein Motorengeräusch.

Simon sprang vom Holzstapel. Er sah das blinkende Lichtsignal von Josa und kroch hinter die Mülltonnen. Erschrocken zuckte er zusammen, als er kurz darauf Josa neben sich spürte. »Warum bleibst du nicht auf deinem Beobachtungsposten?«, zischte er.

»Weil ich Coco auch aus der Nähe sehen will.«

Sie hörten, wie der Motor zum Stehen kam. Josa und Simon konnten durch die Lücken zwischen den Abfalltonnen den gepflasterten Weg zum Hinterhaus ziemlich gut überschauen. Aufgeregt kauerten sie in ihrer Deckung. Josa hielt sein Handy bereit. Selbstverständlich wollte er Cocos Erscheinen auf Video festhalten. Gut, dass die Musik so laut war, denn so brauchten die Jungs die Luft nicht anhalten.

Coco kam nicht allein. Eine dunkle und eine helle Gestalt näherten sich. Als sie in den Lichtbereich vor dem Haus kamen, sahen die Jungs die beiden Gestalten deutlich. Klar, der Mann in Lederjacke und mit Ledermütze war Coco. So hatte Hanna ihn beschrieben. Da war es nicht schwer zu kombinieren, dass das wunderlich gekleidete Wesen neben ihm seine Freundin Karla war. Sie trug einen flauschigen pinkfarbigen Fellmantel, dazu eine Kopfbedeckung in der gleichen Farbe, einem Turban ähnlich.

»Sie sieht wie ein Plüschtier aus«, wisperte Simon Josa kichernd ins Ohr.

Inzwischen hatte Coco die Haustür aufgeschlossen und im Treppenhaus das Licht angeknipst. Für einen Moment lang war sein Gesicht unter dem Mützenschirm deutlich zu erkennen. Die Tür schloss sich. Sekunden später wurde es hinter dem Fenster in der oberen Etage hell.

»Feierabend!« Josa stand auf. »Das war's für heute. Mann, meine Beine sind Eisklumpen.«

»Meine auch«, stöhnte Simon, »aber wir sollten trotzdem keine voreiligen Schlüsse ziehen. Du weißt doch: Detektive müssen geduldig sein.«

»Amen.« Josa schob sein Smartphone in die Anoraktasche. »Was genau willst du mir damit sagen?«

»Dass wir das Haus noch ein bisschen observieren sollten. Könnte sein, dass noch jemand anderes hier auftaucht. Eine letzte Absprache, bevor die Clique zuschlägt.«

»Vielleicht hast du recht«, brummte Josa. »Ich bin zwar kurz vorm Verhungern, aber wir haben Hanna versprochen, dass wir uns um den Fall kümmern. Also bleiben wir!«

Sie liefen zurück zur Straße. Cocos verdellter Bus stand hinter einem Bäckerei-Lieferwagen.

TÖPFEREI

Die Jungs zuckten zusammen, als irgendwo eine Tür laut zugeknallt wurde. Vor der Bar standen ein paar Menschen. Ein Radfahrer rollte vorbei und hustete, als wäre er kurz vor dem Ersticken. Dann war es wieder still in der Zimmermanngasse.

Vorsichtig schaute Josa sich noch einmal nach allen Seiten um. Niemand näherte sich. Schnell leuchtete er durch das rechte Seitenfenster in das Innere von Cocos Bus. Lauter Kleinzeug lag auf den Sitzen und im Laderaum herum. Aber da war keine Drehorgel, keine Trommel ohne Trommelfell und keine Kostümierung zu entdecken. Josa hatte es nicht anders erwartet und sagte zu Simon: »Unsere Theorie stimmt, wir haben richtig kombiniert. Der Ledermann hat seine Tarnung ins Versteck gebracht.«

»Und das pinke Plüschtier hat ihm vermutlich geholfen«, ergänzte Simon. »Komm, wir verstecken uns in der Toreinfahrt, in der die beiden verschwunden sind, da zieht es nicht so. Von da aus können wir den Weg zum roten Hinterhaus prima beobachten.«

Die Minuten zogen sich zäh dahin. Hin und wieder fuhr ein Auto vorbei. Die beiden Beobachter waren müde und erschöpft, aber sie wollten sich gegenseitig nicht eingestehen, dass sie eigentlich nicht mehr konnten.

Josa rieb sich die Backen und trippelte auf der Stelle. »Da passiert nichts mehr. So langsam sollten wir uns aufmachen.«

Aber da irrte er sich.

Plötzlich waren halblaute Stimmen zu hören und das Schlurfen von Schritten auf dem glatten Bürgersteig. Jemand stieß ein glucksendes Lachen hervor. Eine Frau?

»Da kommt jemand«, raunte Simon.

Josa zog seinen Freund ein paar Schritte zurück ins Dunkel der Toreinfahrt. »Da bin ich aber mal gespannt, ob die zu Coco wollen.«

Und ja, sie bogen in den Weg zum roten Hinterhaus ein!

»Also doch: ein konspiratives Treffen.« Simon grinste. »Es hat sich gelohnt zu warten!«

Josa machte zwar Bilder von den drei Gestalten, aber er wusste, dass das nicht viel bringen würde bei dem spärlichen Licht.

»Vielleicht wollen sie auch zu den Kurraths«, sagte Simon. »Das ist das Pärchen aus dem Erdgeschoss.«

Lautlos wie Apachen schlichen Josa und Simon den Ankömmlingen nach. Es waren offensichtlich zwei junge Männer und eine sehr zierliche junge Frau. Zu hören war nur die helle, etwas schrille Frauenstimme. Als die drei in den Lichtschein vor dem Haus traten, konnten die Jungs sehen, dass die Frauengestalt einen bunten Poncho trug. Die Frau drückte den Klingelknopf. Sofort sprang die Haustür auf. Josa filmte die Szene.

Die junge Frau rief: »Coco, wir sind's!«

Simon und Josa schlichen zur Straße zurück. Ob noch weitere Typen aus der Clique erscheinen würden?

Noch fast eine halbe Stunde harrten die Jungs in der Toreinfahrt aus, dann waren sie sich einig: An diesem Abend würde vor dem Haus nichts Spannendes mehr passieren.

Handelte es sich wirklich um ein Geheimtreffen?
Wie kommen die beiden Detektive jetzt mit ihren Ermittlungen weiter?
Lies morgen weiter!

10. Dezember

Frische Spuren vor der Ruine

Bevor sie sich auf den Weg machten, nahmen sie noch Bilder von den Reifenprofilen des Busses auf. Sie könnten ihnen beim Identifizieren der Spuren nützlich sein. Josa und Simon waren sich auch sicher, dass sie bei der Ruine in der dünnen Decke aus Neuschnee frische Spuren finden würden.

Die beiden wären am liebsten in den nächsten Bus gestiegen, um sich nach Hause fahren zu lassen, aber ihr Detektiv-Ehrgeiz hatte sie nun gepackt. Die Vermutungen reichten nicht aus, sie brauchten Beweise.

Simon stöhnte. »Da haben wir noch einen schrecklich langen Weg vor uns. Also, auf geht's! Ruf bitte einen Notarzt, falls ich unterwegs zusammenklappe.«

Sie liefen los. Diesmal nicht im Pfadfinderschritt, sondern gemütlich. Auf dem Weg aus der Innenstadt hinaus ließen sie die Lichter, die Weihnachtsmusik und den Autolärm hinter sich. Der feine Schnee, den der Westwind ihnen in die Augen trieb, machte sie fast blind. Als sie endlich den Feldweg erreichten, liefen sie schneller. Sie waren schon gespannt darauf, ob ihre Theorie stimmte!

Als sie an der Ruine angekommen waren, erkannten sie im Schein der Taschenlampen sofort, dass an derselben Stelle wie am Tag zuvor wieder ein Fahrzeug abgestellt worden war. Auch der Wendekreis der frischen Spuren stimmte mit den alten, vereisten Spuren überein. Die beiden bückten sich und verglichen die Reifenabdrücke mit den Bildern auf ihren Displays.

»Volltreffer!«, jubelte Josa.

Sie suchten mit den Taschenlampen den Boden ab und fanden schnell die Fußspuren im Neuschnee, die zum Kloster und wieder zurückführten. Große und kleine Spuren – es waren dieselben Personen wie vom Vortag.

»Das müssen Coco und Karla gewesen sein«, sagte Josa.

Simon zeigte mit dem Lichtstrahl der Lampe auf die beiden parallelen Linien neben der Spur der großen Füße. »Schau, hier hat Coco die Drehorgel hinter sich her ...« Er verschluckte den Rest des Satzes.

Aus einer Kuhle in der Wiese sprang plötzlich etwas Großes, Dunkles hervor und raste den Jungs fast über die Füße. Erschrocken schrien die Jungs auf und ließen beinahe ihre Taschenlampen fallen.

»W-w-war b-b-bloß ein Hase«, stammelte Simon.

Sie stapften weiter über die verschneite Wiese und näherten sich der Lücke im Drahtzaun. Dieses Mal machten sie sich gar nicht erst die Mühe, durch die Falltür in den Keller einzudringen. Sie huschten zu dem schmalen Fenster und ließen sich einfach auf den Bauch fallen. Dabei landete ein ganzer Haufen Schnee in Simons Kragen, der ihm unangenehm am Hals brannte. Sie robbten ganz dicht an den Fensterspalt heran und starrten in die Finsternis hinunter. Modriger Geruch drang ihnen entgegen. Irgendwo raschelte es. Mäuse? Ratten? Marder?

»Mach du Licht, Simon, ich kümmere mich um das Video«, flüsterte Josa

»Aye, aye, captain!« Simon drehte seine Taschenlampe auf Streulicht. Als er den Arm durch die Fensteröffnung streckte und die Lampe anknipste, erkannten die beiden, dass die Kleider und die Papierbögen unverändert an ihrer alten Stelle lagen. Davor stand nun der Leierkasten, bedeckt mit Cocos Verkleidung und obendrauf der witzige Zylinderhut. Etwas daneben entdeckten sie auch die offene Trommel neben einem uralten und modrigen Holzregal.

Josa hatte die Szene in einem Schwenk gefilmt. »Komm, lass uns von diesem gruseligen Ort abhauen, sonst schnappen uns noch die Geister der Mönche!«

»Ja, gehen wir los!«, entgegnete Simon. »Was wir sehen wollten, haben wir gesehen und die Bildbeweise sind gesichert.«

TÖPFEREI

Sie klopften sich den Schnee von Jacke und Hose und verließen das umzäunte Gelände des Klostergemäuers.

Auf der anderen Seite des Bachs kreischten auf einmal Vögel. Josa packte Simon am Arm und zog ihn in die Hocke. Für einen Moment hielten die beiden die Luft an und starrten gebannt in die Richtung des Vogelgeschreis. Hatte man ihnen aufgelauert? Doch es regte sich nichts ...

»Haben wir die etwa aufgeschreckt? Das könnten Dohlen gewesen sein«, sagte Simon.

»Oder auch Krähen«, widersprach Josa, »oder sogar Raben.«

»Raben bestimmt nicht. Die leben nicht im Schwarm, sondern nur einzeln oder als Pärchen. Außerdem gibt's in unserer Gegend gar keine Raben, die sind sowieso fast ausgestorben«, entgegnete Simon. Wenn er von etwas Ahnung hatte, dann war es Biologie, sein Lieblingsfach.

Nach einigen Minuten hatten sie den Feldweg erreicht und stapften nun in zügigem Tempo heimwärts. Ein paar Sterne blinkten zwischen den treibenden Wolken wie Lichtsignale von Außerirdischen.

Josa zog den Schal fester um den Hals. »Ich habe da einen Verdacht: Könnte die Gestalt, die vorhin mit den zwei Männern zu Coco gegangen ist, vielleicht Hannas Schwester gewesen sein?«

»Nö«, antwortete Simon, »Hanna hat doch gesagt, dass Laura Spätdienst in der Klinik hat. Schon vergessen?«

»Und wenn Laura gelogen hat? Wenn Laura zum harten Kern der Bande gehört, wird sie bei einem geheimen Treffen doch sicher dabei sein.«

Simon ging langsamer, um besser nachdenken zu können. »Du liegst vielleicht gar nicht so falsch mit deiner Idee. Die planen etwas, das steht fest. Coco hat seinen Job als Leierkastenmann heute Nachmittag ja schon mal getestet. Die Wirkung auf die Leute und so. Du hast doch gesehen, wie die geschaut haben. Der Trick ist: Ablenkung! Da gehe ich jede Wette ein.«

Josa überlegte. »Aber warum? Was haben die vor? Was soll das Theater?«

Simon nickte. »Das ist die entscheidende Frage, auf die haben wir noch keine Antwort. Da sind auch noch andere Fragen offen: Welche Rollen spielen die anderen Mitglieder der Clique? Wozu werden die Kleider mit den goldenen Flügelchen gebraucht? Was sollen die Fragebögen? Warum haben Coco und Karla all das Zeug so weit draußen in einer Ruine versteckt?«

»Simon, wir haben noch nicht den richtigen Durchblick. Die ganze Tarnung und Cocos Auftritt mit der Drehorgel ... Ich kombiniere mal, dass er Angst hat vor der Polizei. Vielleicht ist er bei denen schon bekannt. – Da wartet noch eine Menge Arbeit auf uns!«

Was können die zwei Detektive Hanna mitteilen?
Lies morgen weiter!

11. Dezember

Hannas Geheimnis

Seine Mutter freute sich, dass Simon genau zum richtigen Zeitpunkt nach Hause kam. »Du kannst mir beim Plätzchenbacken helfen. Papa kommt heute etwas später von der Arbeit, er bringt Pizza mit. Da können wir jetzt schön die Zeit nutzen. Ich will ein neues Rezept für Zimtsterne ausprobieren.«

»Ich helf auch mit!«, krähte Simons kleiner Bruder Moritz.

»Muss das sein?« Simon schaute die Mutter flehend an. »Ich hab überhaupt keine Lust auf Plätzchenbacken. Außerdem bin ich völlig k. o. Ich hab bei Onkel Georg so viel mitgeholfen.«

Seine Mutter stemmte die Fäuste in die Hüften. »Das hab ich gern! Zu Weihnachten willst du wieder zentnerweise Gebäck verputzen, aber fürs Backen sind die anderen zuständig. So läuft das bei uns nicht. – Sag mal, war viel los auf dem Weihnachtsmarkt?«

»Ziemlich. Da war übrigens auch so ein Drehorgelspieler. Bei dem war richtig viel los, weil er sich so irre verkleidet hat. Er hatte einen lila Frack, eine Perücke, 'nen Rauschebart und einen Zylinder an. Wie aus einem Märchen. Der spielte ununterbrochen Weihnachtslieder. Woher bekommt man eigentlich solche Klamotten?«

»Beim Kostümverleih, da gibt's einen in der Stadt. Du brauchst nur mal im Internet oder im Telefonbuch nachzuschauen. Zu Karneval, bei Kindergeburtstagen oder Maskenbällen oder Theaterspielen – bei einem Kostümverleih kannst du alles bekommen: Ritterrüstungen, Prinzessinnenkleider, Piratenverkleidung, Clownsanzüge, Hula-Hula-Kleidchen oder Cowboy-Outfits ... Können wir jetzt mit dem Backen anfangen?«

Simon war mit der Fragerei aber noch nicht fertig. »Kann man in solchen Läden außer den Kostümen denn auch andere Gegenstände ausleihen?«

»Ganz bestimmt, wenn sie zum Kostüm gehören. Wer eine

feine Dame von früher spielen möchte, bekommt einen Fächer zum Abendkleid. Und wenn du an Fasching zum Beispiel als Räuber Hotzenplotz gehen willst, dann brauchst du natürlich auch die große Pistole, die der immer bei sich trägt.«

Jetzt lachte Simon. »Ich als Hotzenplotz? Da geh ich doch lieber als Osterhase. Meinst du, dass man auch eine Drehorgel ausleihen kann?«

Seine Mutter schüttelte den Kopf. »Wohl kaum. Aber im Internet findest du bestimmt jemanden, der Drehorgeln ausleiht. War's das?«

Simon ergab sich in sein Schicksal und half mit beim Sieben, Mischen, Kneten, Auswalzen und Sternchen-Ausstechen. Als Lohn durften er und Moritz die Teigschüssel auslecken.

Zur gleichen Zeit saß Josa in seinem Zimmer auf dem Bett und telefonierte mit Hanna. Sie hatte schon ungeduldig auf den Anruf gewartet und fragte natürlich sofort, ob die beiden Ermittler herausgefunden hatten, was Coco und die anderen aus der Clique planten.

Josa erklärte ihr den Stand ihrer Ermittlungen. »Was genau die Typen vorhaben, wissen wir noch nicht, aber unsere Recherchen haben ergeben, dass es wahrscheinlich eine Aktion auf dem Weihnachtsmarkt sein wird, bei der die Ablenkung von Coco die entscheidende Rolle spielen könnte. Ich habe auch schon eine Theorie, aber wir brauchen noch handfeste Fakten. Und jetzt habe ich noch ein paar Fragen.«

»Okay. Dann frag mich!« Hanna war nervös.

»Besitzt Laura einen Poncho?«, fragte Josa.

»Warum willst du das wissen?« Hanna war merklich irritiert.

»Beantworte einfach meine Fragen!«, beharrte Josa ungeduldig.

Zögernd antwortete Hanna: »Ja, sie trägt einen Poncho. Der ist hässlich und total altmodisch. Sie hat das Ding letztes Jahr auf dem Flohmarkt gekauft. Da waren zwei Frauen, die be-

TÖPFEREI

hauptet haben, sie würden in direkter Linie von den Azteken abstammen und das Muster in der Wolle von dem Poncho sei original aztekisch aus dem 14. Jahrhundert. Das fand Laura unheimlich toll. Ich hab noch versucht, ihr von dem Ding abzuraten, aber sie ist stur geblieben. Die zwei Frauen haben übrigens gar nicht mexikanisch ausgesehen und das Muster von dem bunten Poncho hat hundertprozentig nichts mit den Azteken zu tun. Na ja, und jetzt läuft Laura andauernd in dem lächerlichen Teil rum. – Warum willst du das wissen?«

Josa blieb hart. »Ich stelle die Fragen. Schon vergessen? Also, lügt Laura manchmal?«

Diese Frage verwirrte Hanna. »Lügen? Warum ... Warum sollte sie lügen? Dass sie manchmal schwindelt und ein bisschen angibt, na ja ... das tun doch alle. Aber was hat das ...«

Josa stoppte Hanna mitten im Satz. »Wo ist Laura gerade?«

»Im Krankenhaus. Sie hat Spätdienst. Das hab ich euch doch auf dem Rathausplatz schon gesagt.«

»Und da bist du dir ganz sicher?«

»Doofe Frage, natürlich bin ich mir ganz sicher!«

»Hanna, deine Schwester hat euch angelogen. Sie ist nicht im Krankenhaus, sondern bei Coco in der Zimmermanngasse. Zwei Kerle und die Freundin von Coco sind auch dabei. Bei Coco findet heute Abend anscheinend ein Treffen statt, bei dem vielleicht Details für die Aktion geplant werden. Aber jetzt zu den Nachthemden, die von Karla und deiner Schwester aus der Klinik geschmuggelt worden sind. Wir haben die komischen Kleider nämlich im Geheimversteck der Clique entdeckt. Hast du eine Ahnung, wozu die gebraucht werden?«

Hannas Stimme wurde nun ein wenig piepsig. »Vielleicht. Ich glaube, damit sollen ein paar Schülerinnen zwei Klassen über uns verkleidet werden. Laura hat mir erzählt, dass sie eine spaßige Umfrage veranstalten wollen und dass sie noch ein paar Mädchen brauchen würden, die mitmachen wollen. Es gibt auch ein bisschen Lohn dafür. Ich hab Laura sogar geholfen, die Mädchen zu fragen, und ich wollte auch selber mitmachen. Dann habe ich aber kapiert, dass da eine krumme Sache ablaufen soll, und bin ausgestiegen. Glaub mir, ich hab die anderen Mädchen gewarnt! Aber die wollen sich die Aktion nicht entgehen lassen. Sie haben mich ausgelacht. Und jetzt bin ich schuld, dass sie ...«

»Warum hast du Simon und mir das alles nicht gesagt?«, rief Josa ins Handy. »Wenn wir für jemanden einen Fall übernehmen, müssen wir alle Informationen haben! Deinetwegen haben wir total viel Zeit verloren!«

Einige Sekunden Schweigen auf der anderen Seite. Dann sagte Hanna leise: »Es war mir peinlich, verstehst du? Ich habe mich geschämt.«

Josa hatte sich wieder beruhigt. »Sorry, Hanna, ich wollte dich nicht anschreien, aber du hättest uns das alles nicht verschweigen dürfen. Bei der Aktion, bei der deine Freundinnen mitmachen, geht es übrigens um Engel mit goldenen Papierflügeln. Wir treffen uns morgen früh um neun Uhr an der Riesenfichte beim Marktplatz. Okay?«

»Ich werde da sein«, sagte Hanna.

Wie wird Simon auf die Neuigkeit reagieren?
Lies morgen weiter!

12. Dezember

Der Auftritt der sieben Rauschgoldengel

Auch Simon hatte einen kleinen Tobsuchtsanfall, als sein Freund ihn anrief, um ihm die Neuigkeit zu berichten, die er soeben von Hanna erfahren hatte. Sie hatten sich den Kopf zerbrochen und herumkombiniert, warum Laura und Karla die Nachthemden im Krankenhaus geklaut hatten und was das mit Cocos Plan zu tun haben könnten, und nun war alles so logisch. Josa und Simon waren sich einig: Hanna hätte ihnen das sofort sagen müssen.

»Vielleicht hat sie uns noch mehr verschwiegen«, keifte Simon.

Josa versuchte, ihn zu beruhigen. »Simon, komm wieder runter. Hanna hat ja eingesehen, dass sie Mist gebaut hat. Ich glaube, sie hat jetzt alles gesagt, was sie weiß. Die Mädchen in den Flügelkleidern sollen die Leute auf dem Weihnachtsmarkt sicher ablenken, damit die Aktion der Clique starten kann.«

Das sah Simon auch so. »Es handelt sich um Trickbetrug, wie ich es vermutet habe.«

Josa lachte. »Gut gesagt! Fragt sich nur, wie dieser Trickbetrug funktionieren soll. Denk mal an die Umfragezettel. Wie sollen die eingesetzt werden? Wir müssen die Augen ganz weit offen halten. Um zehn Uhr geht's wieder los auf dem Weihnachtsmarkt und wir treffen uns mit Hanna schon um neun Uhr. Treffen wir beide uns dann um halb an der Bushaltestelle?«

»Ja!« Simon hatte aber noch etwas zu sagen. »Wir dürfen den Auftrag nicht vergessen. Es geht vor allem darum, Hannas Schwester aus diesem falschen Spiel rauszuholen, damit sie nicht kriminell wird.«

»Genau! Falls Laura was ausfrisst und von der Polizei geschnappt wird, könnte sogar ihre Ausbildung auf dem Spiel stehen, weil sie nach Jugendstrafrecht behandelt wird. Dasselbe könnte vielleicht auch den Mädchen passieren, die die Engel spielen ...«

Simon knurrte: »Und die haben sicherlich keine Ahnung. Die denken doch, dass sie bei einer netten Umfrage mitmachen dürfen. – Na ja, dann bis morgen!«

In der Nacht hatte es noch ein wenig geschneit. Hausdächer, Straßen und Landschaft waren wunderschön weiß bepudert. Als die beiden Jungs am nächsten Morgen in den Bus stiegen, blitzten die blendenden Strahlen der noch tief stehenden Sonne über die glitzernde Landschaft.

Da Frau Bohne immer noch schlimme Knieschmerzen hatte, hatte sich Josa spontan dazu bereit erklärt, Anton mit auf ihre Ermittlungstour zu nehmen. Da es auf dem Weihnachtsmarkt eh trubelig zugehen würde, würde ein bellender Hund in der Menge nicht weiter stören. Im Gegenteil: Vielleicht wirkten sie mit Anton an ihrer Seite noch mehr wie normale Besucher auf dem Markt. Außerdem hatten viele Detektive Hunde bei ihrer Arbeit dabei. Also saß Anton vor ihnen im Bus auf dem Boden und döste vor sich hin.

Simon hatte eine Dose Zimtsterne mitgebracht. »Selbst gebacken!«

Bis sie an der Haltestelle beim Rathaus ausstiegen, war die Dose schon fast leer. Auf Hanna brauchten sie nicht zu warten. Sie wartete schon ungeduldig an der Riesenfichte. Als sie Josa und Simon mit Anton kommen sah, winkte sie aufgeregt mit beiden Armen.

»Hi, Hanna!«, riefen die Jungs. Sie klatschten sich mit Hanna ab.

»Hi! Was für ein süßer Hund! ... Seid ihr noch sauer auf mich?«

»Äh, ja, das ist Anton, der gehört Josas Nachbarin ... und nein, Schwamm drüber«, antwortete Simon. »Josa hat mir erzählt, was du ihm gebeichtet hast. Wir hätten die Zusammenhänge natürlich schneller durchschaut, wenn wir das mit den älteren Schülerinnen gewusst hätten. Aber okay, jetzt wissen wir's ja. Die Formulare für die komische Umfrage haben wir übrigens im Versteck der Clique entdeckt.«

TÖPFEREI

Hanna war sichtlich erleichtert. »Josa hat mir gesagt, es geht um Engel mit goldenen Flügeln. So richtig kapiert hab ich das nicht, aber …«

»Wir haben kombiniert, dass die Mädchen sich die albernen Kostüme überziehen sollen, damit sie wie niedliche Engel aussehen. Bei der Umfrage geht es übrigens auch um Engel.«

Josa ergänzte: »Ob man an Engel glaubt und ob man einen Schutzengel hat und solche Fragen. Welchen Sinn die Fragebögen haben, konnten wir noch nicht ermitteln. Wir vermuten ja, dass die ganze Show nur eine Ablenkung ist – wovon genau, werden wir dann sehen.« Josa blinzelte in die Sonne.

»Toll, dass ihr das alles rausgekriegt habt!« Hanna strahlte die beiden an. »Wo ist denn eigentlich das geheimnisvolle Versteck?«

»Du kennst doch die alte Klosterruine?« Simon deutete mit dem Zeigefinger in die Richtung des Klosters. Als Hanna nickte, redete er weiter. »Da ist rund um das Gemäuer alles abgesperrt worden. Mit Stacheldraht! Eigentlich ist da gerade eine Baustelle, weil man bröcklige Stellen und Risse in der Mauer ausbessern muss. Aber im Winter kann da natürlich nicht gearbeitet werden.«

»Und unter der Ruine gibt's einen düsteren Keller«, flüsterte Josa, »da haben Coco und die Clique ihre Sachen versteckt.«

Hanna staunte. »Und ihr habt euch wirklich in diesen finsteren Keller reingetraut? Hattet ihr denn keine Angst?«

»Angst?« Josa guckte zu Simon hinüber. »Hast du das Wort Angst schon mal gehört? Ich kenne das Wort gar nicht.«

Simon schüttelte den Kopf. »Ich auch nicht. Nie gehört!«

»Ja, klar!« Hanna prustete los. »Wie soll's jetzt weitergehen?«

Josa wollte erst noch wissen, ob Hanna mit ihrer Schwester schon über ihre Lüge, sie sei abends in der Klinik gewesen, geredet habe. Aber Hanna hatte noch nicht mit ihrer Schwester reden wollen. Dass Laura ihren Vater und sie so gemein belogen hatte, könne sie nicht einfach wegstecken, erklärte Hanna.

Außerdem sei Laura wohl erst spät in der Nacht nach Hause gekommen, jedenfalls nach Mitternacht.

»Und heute Morgen?«, fragte Josa.

»Da ist Laura schon losgedüst, als ich noch im Badezimmer war. Vermutlich zu ihrer Clique.«

Die Verkäufer an den Marktständen waren bereits mit den Vorbereitungen beschäftigt und auch die Besucher strömten schon in Scharen herbei. Auf dem Weihnachtsmarkt war es seit vielen Jahren Brauch, dass der Verkaufsrummel erst Punkt zehn Uhr beginnen durfte, wenn die Lichter an der großen Fichte aufflammten. So blieb für Simon noch ein wenig Zeit, schnell bei Onkel Georg vorbeizuschauen.

Hanna und die Jungs besprachen, wo jeder von ihnen seinen Beobachtungsposten beziehen sollte. Simon übernahm es, Coco zu observieren und ihn heimlich zu filmen, wenn er mit seinem Bus auf dem Parkplatz ankommen würde. Hanna bekam von Josa das Fernglas und sollte von einem sicheren Versteck aus herausfinden, ob sich weitere Mitglieder der Clique zwischen den Marktbesuchern herumtrieben. Auf keinen Fall durften die Mädchen sie entdecken! Josa wollte sich, mit Anton im Schlepptau, auf die Engelschar konzentrieren, wenn sie auftauchte.

Falls die überhaupt auftauchte!

Die Zeit verstrich. Die Lichter an der Riesenfichte blitzten auf und der Marktbetrieb begann. Von überall her schallte Weihnachtsmusik und es gab Gedränge an den Buden. – Wo blieb die Clique? Es war schon fast elf Uhr.

Plötzlich erschienen die Engel oben auf der Rathaustreppe: Sieben an der Zahl in langen Gewändern mit goldenen Flügeln und Kordeln um den Bauch gewickelt. Glitzernde Lamettafäden hingen über die Kostüme verteilt. Sie winkten und trällerten fröhlich: *»Hosianna! Hosianna! Hosianna ...«*

Was passiert als Nächstes?
Lies morgen weiter!

13. Dezember

Die Trickser mit den flinken Fingern

Verblüfft schauten die Leute zu den Gestalten auf der Rathaustreppe hinauf. Dann brach lärmendes Gelächter, Gejohle und Geklatsche aus. Wie oft bekam man denn so etwas Witziges zu sehen? Sofort wurden Handys gezückt, geknipst und gefilmt. Die Menschenmenge hatte ihren Spaß.

Josas Smartphone klingelte.

Simon meldete sich aufgeregt. »Coco ist mit dem Bus auf dem Parkplatz angekommen und macht sich gerade als Drehorgelopa zurecht. Zwei Freunde helfen ihm dabei. Vielleicht sind's die von gestern Abend. Ich bleibe am Ball. Ende!«

Auch Josa gab seine Information an Simon und Hanna weiter. »Die Engel sind gelandet. Die ziehen vielleicht eine Show ab! Die Fragebögen haben sie auch dabei. Ganz wie wir kombiniert haben: Es geht um Ablenkung. Ich wette, gleich mischen sie sich unter die Leute und quatschen sie an.«

Hannas Handystimme war nur undeutlich zu vernehmen, weil ganz in ihrer Nähe heftig über irgendeinen Verkaufspreis diskutiert wurde. »Ich hab ein paar Mädchen und Jungs aus der Clique entdeckt. Sie sind quer über den Platz verteilt. Das sieht sehr organisiert aus. Keine Ahnung, was die vorhaben. Von Laura ist nichts zu sehen. Ich melde mich, wenn es Neues gibt.«

Die Rauschgoldengel hüpften inzwischen die Rathaustreppe hinunter und drängelten sich in verschiedene Richtungen durch den Pulk der Neugierigen. Immer wieder wurden sie angehalten, weil Passanten Selfies von ihnen machen wollten.

Josa versteckte sich hinter den Rücken anderer Marktbesucher und hielt das Smartphone für Beweisvideos in der Tasche bereit. Die Mädchen aus der Schule kannten ihn und er kannte sie. Noch sollten sie ihn nicht sehen, denn es war nicht eindeutig, welche Rolle sie zu spielen hatten. Hatten Coco, Karla und die anderen sie über den Zweck ihrer Ablenkungsaktion überhaupt informiert oder glaubten sie vielleicht immer noch, die Befragung der Leute sei ein vorweihnachtlicher Scherz?

Also konzentrierte Josa sich auf Paula mit dem dunkelroten Lockenhaar, in die war er seit einigen Wochen ein bisschen verliebt. In dem Engelsgewand sah sie jetzt allerdings ziemlich blöd aus, fand er. Sie war umringt von neugierigen Passanten. Josa konnte sehen, dass es bei den anderen Engeln ähnlich zuging.

Während er die Szene beobachtete, leckte Anton hoch konzentriert den Boden nach Essenresten ab und blieb, dank der vielen Gerüche vor seiner Schnauze, erstaunlich ruhig an der Leine.

Paula wedelte mit den Fragebögen. »Wir führen eine wissenschaftliche Umfrage durch zum Thema Engel! Ganz herzlich möchte ich Sie bitten, uns zu unterstützen und uns Ihre Meinung mitzuteilen. Selbstverständlich ist die Beantwortung absolut anonym. Sie brauchen bei den Ja-Nein-Fragen bloß Kreuzchen zu machen. Wem darf ich einen Fragebogen geben?«

Da und dort gingen Hände hoch. Vor allem Frauen waren bereit zum Mitmachen.

Paula hielt ein Spannbrett als Unterlage für die Papierblätter bereit und las den anderen Zuhörern die Fragen vor: »Glauben Sie, dass es Engel gibt? – Glauben Sie, dass Sie einen eigenen Schutzengel haben? – Glauben Sie, dass Engel Flügel haben? – Glauben Sie, dass Engel geschlechtsneutral und weder Frauen noch Männer sind?« Und dann schrie Paula, so laut sie konnte: »Bitte, meine Damen und Herren und liebe Kinder, machen Sie jetzt Ihre Kreuzchen in die entsprechenden Felder!«

Schmunzelnd spähten die Schaulustigen den Teilnehmern über die Schulter, um zu sehen, wo sie ihre Kreuzchen hinmalten. Gekicher, lustige Vorschläge, allgemeines Gemurmel. Ein dicker Mann mit Pelzmütze behauptete lautstark, er habe seinen speziellen Schutzengel schon mehrmals gesehen und der sei eindeutig weiblich. Ja, die Leute hatten ihren Spaß bei dieser angeblich wissenschaftlichen Umfrage und besonders

TÖPFEREI

an den Mädchen mit den goldenen Papierflügeln. Einige hatten ihre Einkaufstaschen und Plastiktüten vor sich, neben sich oder hinter sich abgestellt, weil sie schwer waren.

Dann geschah es: Gedränge, Rempeleien, hastige Berührungen. Plötzlich waren da ein paar Gestalten, die wie gelangweilt zwischen den anderen standen, aber ihre Finger flink und federleicht und kaum bemerkbar bewegten. Ihre Mützen tief ins Gesicht gezogen, die Rollkragenpullover bis über die Nasenspitze. Die abgestellten Taschen und Tüten und die Mäntel und Jacken der abgelenkten Menschen zum Greifen nah.

Klar: Ablenkung. Der uralte Trick der Taschendiebe!, dachte Josa. Seine Hände zitterten. Nervös tastete er nach dem Smartphone. Einige Bilder konnte er noch machen, doch die undeutlichen Gestalten verdrückten sich schon heimlich und verschwanden so schnell, wie sie erschienen waren, wieder in der Menge.

In diesem Moment packte auch Paula mit einem fröhlichen Engelsgrinsen die inzwischen eingesammelten Umfragezettel in eine Tasche und winkte den anderen Engeln zu. Sie war gerade dabei, in der Menschenmasse zu verschwinden, da wurde Anton auf die locker um ihre Hüfte gewickelte goldene Kordel aufmerksam und zog Josa an der Leine durch die Menge, sodass diese ihm aus der Hand rutschte. Mit ein paar Sprüngen hatte Anton Paula eingeholt und schnappte nach der Kordel – die sich sofort von dem Engelsgewand löste. Paula merkte nicht, dass sie sie verloren hatte, und schlängelte sich weiter durch die Menschenmenge. Ein paar Sekunden später war sie nicht mehr zu sehen.

Josa hätte sich am liebsten selbst in die Nase gebissen, schnappte sich sofort die Leine und strafte Anton mit einem bösen Blick. Dieser wedelte aber mit dem Schwanz und wirkte glücklich über seine neue Errungenschaft, die er stolz mit seinem Maul festhielt. Wenigstens hatten sie nun ein Beweisstück. Trotzdem ärgerte sich Josa. Er war auf diesen Augenblick doch vorbereitet gewesen, Simon und er hatten fest mit dem Erscheinen der Trickbetrüger aus Cocos Clique gerechnet. Und jetzt, wo sie zuschlugen, flatterten ihm die Nerven. Was sollte er tun? Nach der Polizei rufen? Irgendeinem der Täter hinterherrennen? – Ausgerechnet im entscheidenden Moment schlugen seine Gedanken Purzelbäume. Es war alles so unwirklich gewesen und hatte sich blitzschnell abgespielt. Aber das durfte keine Entschuldigung sein. Josa dachte bei sich, dass er hätte cleverer reagieren müssen, dann hätte er jetzt Bilder mit Einzelheiten, die zur Identifizierung der Täter hilfreich sein könnten. Beweise mussten her, Fakten, eindeutige Fotos!

Simon meldete sich. »Coco und seine Helfer sind jetzt auf dem Marktplatz angekommen. Er fummelt seine Drehorgel zurecht. Ich bleibe am Ball.«

Josa holte tief Luft. »Simon, wir müssen unbedingt ermitteln, welchen Job Coco macht! Er ist doch der Anführer. Bei ihm laufen die Fäden zusammen. Versuch mal rauszukriegen ...«

In diesem Augenblick lärmte die Drehorgel los. Es war die Melodie von *Al-le Jah-re wie-der kommt das Chris-tus-kind ...*

Simons Stimme war kaum zu verstehen. »Ich kann dich nicht mehr hören, Josa! Es ist zu laut hier. Ich melde mich nachher wieder. Over!«

Dann rief Hanna an. »Meine Schwester! Ich hab sie durch das Fernglas entdeckt. Ich glaube, sie ist mit Karla zusammen. In der Nähe von dem Marktstand mit den geschnitzten Krippenfiguren. Jetzt trennen die beiden sich. Laura geht zu den Leuten, die um einen Engel herumstehen. Da lauf ich jetzt auch hin!«

»Hanna, mach keinen Fehler!«, schrie Josa in sein Handy, doch das hörte Hanna nicht mehr.

Hat Simon eine Chance, Cocos Rolle zu durchschauen?
Lies morgen weiter!

14. Dezember

Das große Geschrei

Offensichtlich machte das Gejaule der Drehorgel mit den abgewetzten Walzen den Weihnachtsmarktbesuchern Spaß. Vielleicht weckte es gerade bei älteren Menschen Erinnerungen an Zeiten, als Leierkastenmänner noch zum Straßenbild gehörten und nichts Besonderes waren. Und Coco war in seiner Rolle als gekrümmter Greis mit langem Bart und Zottelhaar wirklich überzeugend, das musste Simon neidlos anerkennen. Man musste schon sehr genau hinschauen, um zu merken, dass sich hinter der schrillen Maskerade ein junger Mann versteckte. Eifrig warfen die Zuhörer Geldmünzen in die große Trommel.

Aber da war etwas, das machte Simon stutzig. Es entging seinem Detektivblick nicht, dass auch einige ältere Jugendliche und ganz junge Erwachsene dem Orgeldreher etwas spendeten ... Seltsam, dachte Simon sich, die benehmen sich so, als ob hier eine angesagte Pop-Band spielen würde oder ein bekannter Rockstar! Das passte doch nicht! Vor solch altbackener Musik müssten die doch eigentlich weglaufen.

Was stimmte hier nicht? Simon spürte das Kribbeln im Gehirn – dann begriff er es. Die *warfen* nichts in die Trommel, sondern beugten sich vor, bückten sich und *legten* etwas *hinein!* So machte es in diesem Augenblick eine junge Frau. War das nicht Karla?

Simon brannte darauf, einen Blick in die Trommel zu werfen. Aber wie sollte er das schaffen, ohne aufzufallen? Zwei kleine Kinder machten es ihm vor und brachten ihn auf die richtige Idee. Die kessen Kids stellten sich nämlich vor den Leierkastenmann, hielten ihre Handys hoch und knipsten Selfies mit dem komischen Kauz in der Mitte.

Genau so würde es Simon auch machen!

Der verkleidete Coco drehte hurtig die Kurbel seiner quietschenden Orgel und achtete gar nicht auf den Jungen, der sich neben ihm aufbaute und sein Smartphone ausrichtete. So merkte er auch nicht, dass Simon überhaupt nicht auf ein Foto mit seinem Gesicht und dem Kopf des scheinbar alten Musikclowns scharf war, sondern auf einen Blick in die Trommel und natürlich auf ein Bild von deren Inhalt. Beweise mussten her! Die Tricks der Clique sollten entlarvt werden, das hatten Simon und Josa sich felsenfest vorgenommen.

Simon dachte auch an das Versprechen, das sie Hanna gegeben hatten. Coco und seine Räuberbande der Polizei sozusagen auf dem Tablett zu servieren, das war das eine. Hannas Schwester Laura vor bösen Fehlern zu bewahren, das andere.

Schritt für Schritt entfernte Simon sich ein Stück von Coco und schaute sich die Bilder im Display an. Wow, da wurde es ihm vor Stolz trotz der Kälte richtig warm im Bauch! Sofort rief er Josa an und berichtete triumphierend, wie er die Methode der Taschendiebe knallhart durchschaut hatte. »Die legen Coco ihre Beute heimlich in die Trommel! Verstehst du?«

»Na, klar! Wenn einer der Diebe von den Bullen erwischt wird, dann hat er absolut nichts Verdächtiges bei sich, denn das Zeug hat er ja längst in der Trommel entsorgt!« Josa war richtig froh über seine neuen Ermittlungen. »Und der alte Mann mit der Drehorgel ist absolut unverdächtig. Wer kommt schon auf die Idee, dass er die Strippen zieht und der Boss im Hintergrund ist?«

»Wir«, sagte Simon cool. »Wir kommen auf die Idee. Was die da in der Trommel schon alles abgeladen haben! Brieftaschen, Schmuckstücke, Handys, gekaufte Weihnachtsgeschenke, richtig wertvolle ... Was tust du eigentlich?«

»Ich fotografiere die Klauer«, antwortete Josa. »Ich finde, es wird langsam Zeit, dass wir der Kripo Einblick in unser Beweismaterial geben.«

Simon widersprach. »Denk daran, dass wir Hannas Schwester

TÖPFEREI

in Sicherheit bringen müssen. Erst dann können wir die Kriminalpolizei informieren. Wo steckt Hanna eigentlich?«

»Sie hat mit meinem Fernglas Laura in der Menschenmenge entdeckt und ist zu ihr gelaufen! Das könnte unsere Pläne gefährden. Wenn Hanna sich verquatscht und ihre Schwester von ihr erfährt, dass wir der Clique auf den Fersen sind und ihre krummen Aktivitäten längst durchschaut haben, dann ...«

»... dann wird Laura selbstverständlich sofort Coco und die anderen warnen! Und wir zwei sehen ganz schön alt aus, wenn die dann Jagd auf uns machen. – Wir müssen versuchen, Hanna zu stoppen!«

»Du hast recht, ich mach mich sofort auf die Suche nach ihr. Over and out!«

Doch dann überschlugen sich die Ereignisse.

In der Schlange vor dem mit glitzernden Lametta-Girlanden geschmückten Wagen, aus dessen Klappfenster eine junge Frau in pinkfarbenem Kittel heiße Waffeln verkaufte, schlug plötzlich ein Mann mit dicker Brille und Baskenmütze wild um sich und schrie: »Ich bin bestohlen worden! Mein Geldbeutel ist weg. Grad hatte ich ihn noch in der Manteltasche. Taschendiebe!« Der Mann funkelte die anderen Wartenden in der Schlange böse an. Klar, er verdächtigte jemanden von ihnen.

Da ging ringsherum auf dem Weihnachtsmarkt das große Geschrei los. Auf einmal merkten etliche Besucher, dass auch sie beklaut worden waren.

Es war ein wirres Durcheinander: »Hilfe! Meine Brieftasche. Bargeld, Ausweise, Kreditkarten ... Alles weg!« – »Polizei! Wo bleibt die Polizei? Mein letztes Geld ... Verfluchte Taschendiebe!« – »Hat denn keiner etwas gesehen? Das muss grad eben passiert sein! Ich hatte Silberschmuck gekauft ...« – »Meine ganze Einkaufstasche ist futsch!« – »Die Marktaufsicht muss her! Hier gibt's doch Überwachungskameras.« – »Jetzt hab ich nichts mehr! Keine Weihnachtsgeschenke in diesem Jahr.« – »Trickbetrüger, hundsgemeine Bande! Das ist organisiertes Verbrechen.« – »Meine Handtasche! Was für Zeiten sind das bloß?« – »Führerschein, Wagenpapiere, Firmenhandy! Mein Chef reißt mir die Ohren ab.« – »Da war ein Foto von meiner verstorbenen Frau in der Brieftasche …« – »Dreihundert Euro sind jetzt weg. Ich bin pleite!« – »Die Uhr für meine Tochter …« – »Kaltherzige Ganoven, die sollte man …« – »Und das zur Weihnachtszeit. Oh, verdammt!« – »Da war ein teures Tablet drin. Überraschung für meinen Jan!« – »Polizei! Polizeiiiiii!«

Neben Josa knurrte ein Mann, der vor Zorn fast platzte: »Die beknackten Engel! Warum hab ich Idiot mich ablenken lassen?«

Mit einem Mal war die Heiterkeit vom Weihnachtsmarkt verschwunden. Tränen, Flüche, Verzweiflung. Der fröhliche Trubel schien erstarrt zu sein.

Dann jaulten Polizei-Sirenen auf. Mit Blaulicht und quietschenden Reifen rasten zwei Streifenwagen heran und schaukelten auf den Marktplatz. Die Leute sprangen zur Seite. Bei der Riesenfichte stoppten die Wagen. Uniformierte Beamte stiegen aus und waren sofort von einer Menschentraube umringt. Rufe, Wutausbrüche, Gekeife. Die Weihnachtsmusik war verstummt. Weitere Polizeifahrzeuge kamen herangefahren.

Ein Mann, dessen Stimme sich überschlug, brüllte: »Macht hier mal 'ne Razzia! Alles absperren!«

Josa drehte sich aufgeregt um die eigene Achse und ließ fieberhaft den Blick schweifen. Wo steckte Hanna bloß? Hatte sie sich mit ihrer Schwester rechtzeitig verdrückt? Mit fahrigen Fingern schaltete Josa das Handy ein und wollte gerade Simon anrufen. Da hörte er es leise durch die Menge. Zuerst wollte Josa es nicht glauben: Im Hintergrund war wieder das Gedudel der Drehorgel zu hören!

War das ein Signal an die Clique?

Wo ist Hanna?
Lies morgen weiter!

15. Dezember

Die Engel sind verschwunden

Zwar zeterten, klagten und schimpften die aufgebrachten Marktbesucher immer noch, doch der ganz große Schreck war vorüber. Gestenreiche Diskussionen, Fragen hin und her, Überprüfungen der eigenen Taschen und Tüten, erleichtertes Aufatmen, wenn Brieftaschen noch vorhanden waren. Die Polizisten zwängten sich anscheinend ziellos durch die Menge, befragten Verkäuferinnen und Verkäufer an den Marktständen, schrien Unverständliches in ihre Funkgeräte und notierten Aussagen von Bestohlenen und Beobachtern.

Die Drehorgel wimmerte noch immer. Josa hatte sich mit Anton zu Simon durchgedrängt. Auch hier redeten die Leute aufgeregt miteinander.

»Warum hört der denn nicht auf mit seiner Orgelei?«, schrie Josa seinem Freund ins Ohr.

Bevor Simon antworten konnte, knisterte es plötzlich in der Lautsprecheranlage, jemand räusperte sich und redete dann hastig und überlaut drauflos: »Verehrte Weihnachtsmarktgäste, ich bitte um Ihre Aufmerksamkeit! Dies ist eine wichtige Durchsage und eine dringende Warnung. Es haben sich in den vergangenen Minuten zahlreiche Fälle von Taschendiebstahl ereignet. Die Polizei vermutet, dass es sich um eine organisierte Bande handelt. Bitte, geben Sie acht auf Ihre Wertsachen, tragen Sie Geldbörsen und Brieftaschen eng am Körper, knöpfen Sie Mäntel und Jacken zu, verschließen Sie Ihre Einkaufstaschen! Die polizeilichen Ermittlungen haben begonnen. Melden Sie sich, wenn Sie sachdienliche Aussagen zu machen haben! Und bewahren Sie Ruhe. Ende der Durchsage.«

»Der ist ja lustig!« Simon lachte verächtlich. »Und kommt reichlich spät mit seiner Warnung. Als ob sich das nicht längst rumgesprochen hätte! Und die Langfinger sind sowieso schon über alle Berge.«

»Die Engel sind auch verschwunden«, sagte Josa. »Anton hat uns sogar noch ein Beweisstück geliefert, bevor sie sich vom Platz gemacht haben: eine der goldenen Kordeln. Das war alles prima durchorganisiert. Bloß Coco leiert noch an seiner Drehorgel. Irgendwie komisch, oder?«

Simon widersprach. »Das ist nicht komisch, das ist clever! Coco tut so, als habe er mit dem ganzen Chaos nichts zu tun. Er macht einen auf unschuldig, kapierst du? So kommt er gar nicht erst in Verdacht.«

»Hast du gesehen, wo die Engel langgegangen sind?«

Das wusste Simon. »Die sind ganz lässig die Rathaustreppe wieder rauf. Ich vermute, dass sie sich da drin in der Vorhalle oder in der Toilette ihre Goldengel-Kostüme ausziehen. Die Freundin von Coco, Karla, ist ihnen übrigens nachgelaufen. Mehr konnte ich nicht sehen, ich musste doch Coco im Auge behalten.«

Josa überlegte einen Moment. »Wahrscheinlich sammelt Karla die Kleider und die Zettel ein. Ich frage mich noch immer, ob die Mädchen wirklich so naiv sind, dass sie nicht durchschaut haben, dass sie nur zur Ablenkung bei der Aktion gebraucht wurden.«

»War halt ein spannendes Event.« Simon hauchte seinem Freund Wölkchen ins Gesicht. »Oder sie glauben wirklich, dass das echt 'ne Umfrage sein soll für irgendeine Statistik. Vielleicht was Kirchliches oder so.«

»Irgendwie habe ich das Gefühl, dass die Show der Trickbetrüger noch nicht zu Ende ist. Ich wette, dass die Engel noch einmal zum Einsatz kommen. Wir müssen sie observieren und aushorchen.«

»Spinnst du?«

»Im Gegenteil! Ich kombiniere. Die enorme Vorbereitung, die logistische Planung, der ganze Materialaufwand ... Ich bin mir sicher, die haben das nicht nur für einen einmaligen Auftritt hier auf dem Weihnachtsmarkt geplant.«

TÖPFEREI

Jetzt presste Simon erst einmal die Lippen zusammen und schüttelte grübelnd den Kopf. Das tat er oft, wenn er scharf nachdenken musste. Endlich wurde ihm klar, was für ein Spielchen da lief. »Auch wenn sie Ganoven sind, Coco und seine Clique imponieren mir allmählich doch – irgendwie jedenfalls. Raffinierte Taktik. Mit ihrer blitzschnellen Taschendiebmasche haben sie die Polizei alarmiert. Die muss natürlich weitere Klauereien verhindern und konzentriert sich darum verstärkt auf den Weihnachtsmarkt. Beamte in Zivilkleidung, zusätzliche Überwachungskameras und so. In Wirklichkeit will die Bande aber ganz woanders zuschlagen. Die Polizei ist ja beschäftigt. Da gewinnt man Zeit. Und ehe dann die Bullen angedüst kommen, ist der Zauber schon wieder vorbei.«

Josa knallte Simon anerkennend die Faust auf die Schulter. »Der Knackpunkt ist, dass heute die Geschäfte bis zum späten Abend geöffnet sind. Verkaufsoffener Samstag. Das ist immer so vor Weihnachten. Bis 22 Uhr geht das oder noch länger. Und was kombinieren wir, Partner?«

»Dass die Leute massenhaft in die Kaufhäuser und in all die anderen Läden strömen. Die letzte Chance für die Weihnachtseinkäufe. Und danach geht man noch gemeinsam was essen und was trinken ...«

»Genau so ist es«, bestätigte Josa. »So machen das meine Eltern auch immer. Und die Wohnungen und die Häuser? Die sind an solchen langen Nachmittagen menschenleer.«

»Freie Bahn für Einbrecher und Diebe!«

Simon und Josa waren sich einig: Sie hatten mal wieder messerscharf kombiniert und die finsteren Pläne der Räuber durchschaut!

Allerdings begriffen die Jungs nicht, warum Coco immer noch die Orgel spielte. Könnte er jetzt nicht wirklich so langsam gehen? Er hatte die Beute der Taschendiebe doch längst in seiner Trommel! Wollte er so tun, als ob das panische Getümmel ringsherum ihn überhaupt nichts anginge? Oder genoss er den Triumph und wollte sich über die Leute und die Polizei lustig machen?

Eine zierliche Frau und ein bulliger Mann drängten sich zu dem Drehorgelspieler durch. Sie trugen weiße Armbinden mit der roten Aufschrift *Marktaufsicht*.

»Machen Sie mal das Instrument aus!«, forderte die Frau streng.

»Hä?« Coco guckte verständnislos.

»Sie sollen aufhören, an der Kiste rumzukurbeln!«, brüllte der Mann. »Haben Sie eine Lizenz, hier auf dem Weihnachtsmarkt Drehorgel zu spielen?«

Coco machte das dümmste Gesicht der Welt, krümmte den Rücken noch tiefer und nuschelte in seinen Bart: »Eine Lizenz?«

Die Frau erklärte es ihm. »Sie brauchen einen Erlaubnisschein vom Ordnungsamt. Haben Sie den? Und können Sie uns die Quittung über die Marktgebühr zeigen? Alle, die hier auf dem Markt ein Gewerbe betreiben, müssen eine Marktgebühr bezahlen. Also?«

»Marktgebühr? Nie gehört. Und 'ne Quittung hab ich auch nicht. Ich mach doch bloß ein bisschen Musik!«

»Und sammeln dafür eifrig Geld ein!« Der stiernackige Mann lachte böse. »Na, super! Jetzt machen Sie sich mit Ihrer Krachmaschine mal schnell vom Acker, sonst haben Sie 'ne Strafanzeige am Hals!«

»Ich geh ja schon!«, jammerte Coco. »Ich beuge mich der Staatsgewalt.«

Noch immer wussten Josa und Simon nicht, wo Hanna war. Hatte sie Laura gefunden?

Kennen die falschen Rauschgoldengel die Pläne der Clique? Lies morgen weiter!

16. Dezember

Detektive geben niemals auf

Hanna hatte ihre Schwester im Menschengetümmel erstaunlich schnell gefunden. Laura redete zappelig und mit flattrigen Handbewegungen auf zwei Jungs ein, dann trennte sich das Grüppchen. Hanna wusste, dass der Einsatz der Trickbetrüger begonnen hatte.

Ihre Gedanken spielten verrückt. Wie könnte sie ihre Schwester nur daran hindern, bei diesem Schwachsinn mitzumachen? Andere Leute zu bestehlen, das passte doch nicht zu Laura! Gerade sie, die unbedingt Krankenschwester werden wollte, um Menschen zu helfen, vor allem kranken Kindern, durfte doch nicht Mitglied einer Clique von kriminellen Tätern sein! Was war bloß geschehen, dass sie sich so verändert hatte? Wer hatte sie auf die schiefe Bahn gebracht?

Eigentlich war jetzt nicht die richtige Zeit für Grübeleien. Hanna wusste das. Und sie hatte eine Idee: Sie musste bei Laura bleiben. In ihrer Gegenwart würde ihre Schwester garantiert nicht anderen Marktbesuchern in die Taschen greifen.

Hanna zwängte sich durch die Menge zu Laura hindurch und tippte ihr von hinten auf die Schulter. »Hi, Laura! Hand aufs Herz: Was habt ihr vor, du und deine Clique? Ist es was Böses?«

Laura musste erst einmal tief durchschnaufen. »Mensch, Hanna! Musst du mich so erschrecken?«

»Ich hab gefragt, was ihr vorhabt.«

»Das geht dich gar nichts an!«, fauchte Laura. »Los, zisch ab. Seit wann muss ich mich denn von dir ausfragen lassen?«

Hanna blieb hart. »Ich weiß, was hier abläuft.« Sie zog ihr Handy aus der Tasche. »Ich bleib an dir kleben. Wenn du ein krummes Ding drehst, mach ich Fotos davon und zeige sie Papa. Laura, du bist doch keine Diebin!«

Laura wollte ihrer Schwester das Handy wegreißen, aber Hanna sprang geschickt zur Seite. Die Schwestern starrten sich eine Weile wortlos an, dann begriff Laura, dass Hanna es ernst meinte und ihr auf Schritt und Tritt folgen würde. Sie gab auf.

»Das verstehst du alles nicht«, zischte Laura und stampfte zornig auf. Da war auch Traurigkeit in ihrer Stimme. »Das *kannst* du nicht verstehen, Kleine.«

»Dann *erklär's* mir. Und nenn mich nicht Kleine!«

»Okay.« Laura verzog spöttisch die Lippen. »Lass uns erst einmal von hier weggehen ... Hier ist es zu laut.«

Ja, das war gut: Erst mal weg hier. Hanna spürte, wie ihr Steine vom Herzen fielen. Weg hier! Falls die Aktion der Clique aufflog und die Polizei zugriff, war Laura jedenfalls erst einmal in Sicherheit. Raus aus dem Getümmel um die Engel! Runter vom Weihnachtsmarkt!

Laura hatte Hannas Hand ergriffen und steuerte ein Stehcafé neben dem Spielwarenladen an. Sie fanden sogar ein freies Tischchen direkt unter einem summenden Heizstrahler. Laura holte zwei Becher Punsch von der Theke und bezahlte. Dann standen die zwei Schwestern erst einmal stumm nebeneinander, schlürften, warteten darauf, dass die andere anfing.

Hanna gab sich einen Ruck. »Warum machst du bei dieser doofen Clique mit? Die passen doch gar nicht zu dir, Coco und die anderen.«

»Ach, und das weißt du so genau? Die Clique ist nicht doof. Du hast null Ahnung. Wir haben 'ne tolle Zeit miteinander.«

»Na klar!« Hanna wusste nicht, ob sie lachen oder heulen sollte. »Zum Beispiel Weihnachtsmarktbesucher beklauen. Wirklich toll!«

Es dauerte fast eine Minute, bis Laura antwortete. »Ich hab mich so unheimlich allein gefühlt nach Mamas Tod. Und Papa hatte sich so verändert. Er redet ja kaum noch mit uns! Zu denen aus meiner alten Klasse hab ich auch keinen Kontakt mehr ...«

»Aber Laura, du hast doch mich!«

»Ach, Kleine! Entschuldigung, das darf ich ja nicht sagen.«

TÖPFEREI

Laura tätschelte Hannas Arm. Dann erzählte sie, wie sie Karla im Krankenhaus kennengelernt hatte und was für eine gute Freundin sie seitdem für sie sei. Karla habe sie mit zur Clique genommen, in der sie inzwischen ein richtiges Mitglied wäre und viel Spannendes und Lustiges erlebe. »Wir sind echt so ein richtiger Freundeskreis und können uns aufeinander verlassen.«

»Besonders beim Klauen«, sagte Hanna leise.

»Das verstehst du falsch. Man kann doch mit dem Geld auch Gutes tun. Armen Nachbarn und Kindern helfen und so.«

Jetzt musste Hanna laut lachen. »Coco als Robin Hood? Reiche ausplündern und Arme beschenken? Laura, Taschendiebe bestehlen auch Menschen mit wenig Geld, da machen die keinen Unterschied! Du kannst froh sein, dass ich dich vom Weihnachtsmarkt weggelockt habe. Bestimmt greift die Polizei gleich zu. – Was hast du denn jetzt vor?«

»Halt dich raus! Das geht dich echt nichts an.«

Hanna hatte längst gemerkt, dass ihre Schwester alle paar Sekunden auf ihre Armbanduhr schielte. »Ich halte mich nicht raus, ich bleibe dir dicht auf den Fersen, damit du keinen Mist baust.«

»Okay, okay, du bist also meine Aufpasserin.« Laura trank den letzten Schluck aus ihrem Punschbecher. »Ich geh schnell noch für kleine Mädchen und dann verschwinden wir hier erst mal.«

Hanna sah noch, dass sich die Tür mit der Aufschrift *Toiletten* hinter Laura schloss, dann wartete und wartete sie. Als ihre Schwester nach zehn Minuten noch immer nicht zurück war, begriff sie, dass Laura sie ausgetrickst hatte. Sie war ihr entwischt. Selbstverständlich schaute Hanna nach, aber ihr war längst klar: Es gab einen Hinterausgang.

Zornig, enttäuscht und verwirrt rannte sie auf die Straße, guckte nach allen Seiten, drehte sich im Kreis und rief sogar Lauras Namen. Der hässliche Poncho war doch auffällig, den müsste sie eigentlich zwischen all den Leuten entdecken! Aber Laura war wohl schon zu weit weg. Verschwunden, über alle Berge. Trotzdem rannte Hanna die Straße rauf und runter, bis ihr die Puste ausging. Ihre Schwester war nicht mehr zu sehen. Passanten schauten sie verwundert an. War Laura vielleicht zurück zum Weihnachtsmarkt gelaufen?

Kaum eine Minute später hörte Hanna das Schrillen der Sirenen. Blaulicht rotierte am Rand des Weihnachtsmarkts. Schlug jetzt die Polizei zu? Wurden die Mitglieder der Clique verhaftet – und auch Laura?

Hanna hatte das Gefühl, total versagt zu haben – hätte sie sie nicht aus den Augen gelassen ...

Hanna schniefte.

Plötzlich bimmelte ihr Handy.

Josa rief an. »Wo steckst du, Hanna? Und was ist mit deiner Schwester passiert? Ihr wart auf einmal nicht mehr zu sehen und gemeldet hast du dich auch nicht! Das ist doch keine Teamarbeit! Und außerdem hast du noch mein Fernglas und ...«

»Stopp, stopp, stopp! Ich muss dir was sagen: Laura ist mir entwischt! Ich bin total fertig. Vielleicht sollten wir die ganze Sache abblasen. Verstehst du? Wir haben verloren.«

»Detektive geben niemals auf.«

»Ach, Josa, das ist doch bloß 'n Spruch!«

»Keine Diskussion! Wir treffen uns in fünf Minuten mit Simon auf dem Rathausparkplatz. Over and out.«

Was planen Coco und seine Clique?
Lies morgen weiter!

17. Dezember

Ein Verdacht wird bestätigt

Coco schob seine Drehorgel vor sich her. Zwei Kerle – ein kleiner Kraftprotz und ein langer Lulatsch – waren plötzlich wie aus dem Nichts aufgetaucht. Simon erkannte sie sofort: Die beiden hatten Coco auf dem Rathausparkplatz beim Verkleiden und beim Abladen seiner Orgel geholfen. Jetzt waren sie wieder zur Stelle. Simon war sich sicher, dass sie auch zu den Taschendieben gehörten. Dass sie sich trauten, wieder anzutanzen, obwohl so viele Polizisten in der Nähe waren! Offenbar fühlten sie sich sicher und überlegen. Oder waren sie einfach nur leichtsinnig? Jedenfalls wunderte Simon sich sehr.

Der Lulatsch klopfte Coco auf den gekrümmten Rücken und sagte betont freundlich: »Warten Sie, Opa, wir tragen Ihnen die Trommel! Die ist doch viel zu schwer für Sie. Wo wollen Sie denn jetzt hin?«

»Zum Rathausparkplatz«, nuschelte Coco und hustete heftig.

Die beiden Kerle schnappten sich die Trommel mit der Diebesbeute und folgten dem Drehorgelspieler.

Wahrscheinlich lachten sie innerlich hämisch, weil sie alle Leute mit ihrer Trickserei angeschmiert hatten, dachte sich Simon.

Zuschauer machten letzte Fotos und Handyvideos. Einige lachten, andere klatschten sogar Beifall. Die Beamten von der Marktaufsicht fanden das gar nicht komisch.

Simon ließ Coco und seinen Freunden einen gehörigen Vorsprung und schlenderte ihnen wie zufällig hinterher. Als sie zur anderen Seite des Rathauses um die Ecke bogen, gaben sie ihr Rollenspiel auf, klatschten sich ab und führten einen Siegestanz auf. Dass Simon, der sich hinter einer Plakatsäule versteckt hatte, dann und wann hastig hervorlugte und mit dem Handy Bilder von den dreien machte, bemerkten sie nicht. Sie überquerten die breite Straße mit ihrer Drehorgel, obwohl die Fußgängerampel auf Rot stand, und streckten den Autofahrern, die hupten und schimpften, ihre Fäuste entgegen.

Der Parkplatz war inzwischen zugestellt mit Autos, aber Simon wusste, wo der Wagen geparkt war, und so ein verdellter Bus war auch kaum zu übersehen. Er ging neben einem giftgrünen Pick-up in Deckung, dessen Ladefläche vollgestopft mit Kartons, Paketen und einem mittelgroßen Weihnachtsbaum war. Durch die Seitenfenster hatte Simon freie Sicht auf die drei Ganoven.

Sie schoben den Leierkasten und die Trommel durch die Hecktür in den Bus. Coco schlüpfte aus seiner Verkleidung und breitete die Klamotten auf dem Rücksitz aus. Den Zylinder ließ er zu der Beute in die Trommel plumpsen. Dann stiegen er, der kleine Kraftprotz und der lange Lulatsch ein, doch sie fuhren nicht los, sondern zündeten sich Zigaretten an.

Worauf warten die?, fragte sich Simon. Aber wenn sie warten, würde er auch warten. Detektive sind geduldig. – Trotzdem spürte Simon, wie die Kälte an seinen Beinen hochkroch.

Endlich, nach einer halben Ewigkeit, gab es die Antwort auf die Frage. Karla kam angehastet. Sie trug die Engelskleider auf den Armen. Coco war aus dem Wagen gesprungen und zog die rechte Seitentür auf, die schauerlich quietschte. Karla warf die Hemden zu Cocos Kostüm und hüpfte zu den Jungs in den Bus. Mit viel Getöse sprang der Motor an. Eine schwarze Wolke quoll aus dem scheppernden Auspuff. Coco lenkte seinen Wagen geschickt durch die schmale Gasse zwischen den Autos vom Parkplatz auf die Straße.

Simon kamen Fragen über Fragen: Wohin fuhren sie? Plante die Clique tatsächlich noch eine weitere Aktion an diesem Samstagnachmittag? Würden die Goldflügelkleider noch einmal zu einer Ablenkungsshow gebraucht werden? Simon hoffte, dass sein Freund dem einen oder anderen Mädchen irgendwelche Informationen entlocken konnte. Er griff zum Handy.

TÖPFEREI

Während Simon Coco und seinen Assistenten gefolgt war, hatte Josa vor der Rathaustreppe auf die sieben Engelsmädchen gewartet. Anton war nach wie vor an seiner Seite und schnüffelte mit einer ausdauernden Begeisterung den Boden ab. Auf dem Weg zur Treppe hatte Josa ihm die goldene Kordel in einem kleinen Machtkampf entreißen müssen. Die wäre den Mädchen mit Sicherheit sofort aufgefallen und sie hätten sie zurückgewollt. Das Beweisstück wollte Josa aber auf jeden Fall behalten! Gerade noch rechtzeitig hatte er die Kordel in seine Anoraktasche gesteckt, da erschien Cocos Freundin Karla mit den Engelskostümen auf den Armen und eilte um die Hausecke, offenbar in Richtung Parkplatz. Dann hüpften die Engelsmädchen fröhlich schnatternd die Treppe hinunter.

Josa gab sich einen Ruck und versperrte Paula den Weg. »Darf ich dich mal kurz anquatschen? Das war total cool, wie ihr vorhin die Leute reingelegt habt.« Josa streckte den Daumen hoch. »Ihr lasst sie blöde Fragen über Engel beantworten und dann sind sie abgelenkt und die Taschendiebe können in aller Ruhe zuschlagen. Weißt du denn nicht ...«

Wie eine Wildkatze fuhr Paula die Krallen aus. »Bist du noch ganz dicht? Was können wir dafür, dass so 'n paar Idioten die Gelegenheit ausnützen und lange Finger bekommen, während die Marktbesucher uns zuhören? Und die Fragen sind auch nicht doof! Laura und Karla schreiben für die Weihnachtsausgabe der Kreiszeitung nämlich einen Artikel über Engel und was Leute so über Engel denken. Da haben sie uns gebeten, für sie eine Umfrage zu machen. Die brauchen sie für ihren Bericht. Die beiden wollen nämlich mal Journalistinnen werden und wir helfen ihnen. War's das?«

»Nee, nicht ganz. Hanna hat mir erzählt, dass die beiden Krankenschwestern werden wollen. Sie sind ja schon in der Ausbildung.«

»Hanna!« Paula rollte mit den Augen. »Erst belabert sie uns, dass wir bei der Umfrage unbedingt mitmachen sollen, weil das was Wichtiges wär, dann behauptet sie plötzlich, dass was Kriminelles dahinterstecken würde und dass wir uns da sofort ausklinken sollen. Käse!«

Josa kniff die Augen zusammen und schaute Paula scharf an. »Und ihr steckt sicher nicht mit den Räubern unter einer Decke?«

»Hast du 'n Rad ab?«, keifte Paula. »Sehen wir wie Verbrecher aus? Außerdem muss ich jetzt ganz schnell nach Hause. In einer Stunde werden wir wieder abgeholt, weil wir nachher noch einen weiteren Auftritt haben. Eine Umfrage bei Hausbewohnern draußen in der Vorstadt-Siedlung.« Ohne auf eine Antwort von Josa zu warten, rannte Paula los. Die anderen Mädchen waren schon verschwunden.

Dann kam Simons Anruf. Coco, Karla und zwei andere aus der Clique seien mit dem Bus losgedüst, berichtete Simon hastig. »Ich hab aber nicht rausgekriegt, wo sie jetzt hinfahren. So ein Mist!«

»Keine Sorge!« , entgegnete Josa. »Ich weiß nämlich, was sie als Nächstes planen. Das böse Spielchen geht weiter. Ausgerechnet bei uns – in unserer Siedlung! Wir müssen uns beraten. Eine gute Idee muss her, ein Masterplan sozusagen. Wir treffen uns auf dem Rathausparkplatz, Hanna kommt auch gleich. Bleib, wo du bist!«

Hanna erschien als Letzte beim Treffpunkt. Sie sprudelte wie ein Wasserfall drauflos. »Ich wollte Laura doch zur Vernunft bringen. Sie sollte nicht mit dieser Clique rumhängen ...«

Weiter kam Hanna nicht. Da näherte sich plötzlich ein Mann. Erschrocken starrten Hanna und die Jungs ihn an.

»Ich hab ein paar Fragen an euch. Ich will alles wissen!«

Wer ist dieser Mann?
Lies morgen weiter!

18. Dezember

Der Kommissar will alles wissen

Völlig klar, das war ein Kriminalbeamter. Josa und Simon sahen es auf den ersten Blick. Er wirkte so unauffällig, dass es fast schon wieder auffällig war. Er war ganz in Grau gekleidet: grauer Hut, grauer Wollschal, grauer Mantel, graue Hosenbeine. Nur die Schuhe waren nicht grau, sondern schwarz.

Simon baute sich vor dem Beamten auf und entgegnete: »Vielleicht zeigen Sie uns erst einmal Ihren Dienstausweis, bevor Sie uns Fragen stellen.«

»Donnerwetter!« Der graue Mann nickte anerkennend. »Ihr kennt euch aber gut aus. Woher wisst ihr denn, dass ich von der Kriminalpolizei bin?«

Josa fasste sich an die Nase. »So etwas spürt man.«

Simon ergänzte: »Wir sind schließlich keine Anfänger.«

»Den Eindruck habe ich allerdings auch.« Der Mann zog seinen Dienstausweis aus der Innentasche des Mantels und hielt die Plastikkarte so, dass Josa, Hanna und Simon sie genau betrachten konnten. »Ich bin Hauptkommissar Gunter Martell vom Dezernat Eigentumsdelikte.«

»Stimmt!«, bestätigte Josa. »Das steht auch auf Ihrem Ausweis. Und das Gesicht auf dem Foto und Ihr Gesicht sind identisch. Okay, dann stellen Sie uns mal Ihre Fragen!«

»In Ordnung«, murmelte der Kommissar amüsiert. Dann wurde er sachlich. »Wir haben uns die Bilder der Überwachungskameras angesehen, jedenfalls die der letzten Stunde.« Er zeigte auf Simon und Josa. »Uns ist aufgefallen, dass ihr verblüffend oft zu sehen seid und dass ihr offensichtlich gewisse Leute beobachtet und gefilmt und fotografiert habt und allem Anschein nach wusstet, was auf dem Weihnachtsmarkt passieren würde. Kanntet ihr die Pläne der Diebe schon im Voraus? Seid ihr Komplizen? Raus mit der Sprache!« Dann wiederholte er: »Ich will alles wissen.«

Hanna blähte empört die Backen auf. »Wir sind keine Komplizen von Taschendieben! Im Gegenteil! Und wir wollten uns bloß die Engel anschauen. Das sind nämlich Mädchen aus unserer Schule und die machen so 'ne Umfrage.«

Zuerst sah es so aus, als wollte der Kommissar lospoltern, doch dann wurde ihm wohl klar, dass er mit Gebrüll wenig erreichen würde. »Okay, ihr seid keine Komplizen. Aber du sagtest: *Im Gegenteil!* Was meinst du damit?«

Josa wusste, dass Simon, Hanna und er jetzt ziemlich in der Klemme saßen. Einerseits durften sie der Polizei nicht verschweigen, was sie von Cocos Clique wussten, denn die Diebe mussten gestoppt werden. Andererseits ging es ja noch immer darum, Laura aus dem Kreis der Bande herauszuholen, bevor sie sich strafbar machte.

Also gab er sich einen Ruck und beantwortete an Hannas Stelle die Frage des Kommissars: »D-d-die W-W-Wahrheit ist, dass wir ein paar Typen in Verdacht hatten, den Auftritt der Engel für 'ne krumme Tour zu missbrauchen. Als Ablenkungsmanöver.«

»Donnerwetter!« Kommissar Martell sah die drei Kinder einzeln an, dann stemmte er die Fäuste in die Hüften. »Könnt ihr mir mal verraten, warum ihr mit eurem Verdacht nicht sofort zur Polizei gekommen seid?«

»Weil ein Verdacht nur ein Verdacht ist«, erklärte Simon. »Bei der Polizei hätten sie uns doch bloß ausgelacht. Wir wollen aber glasklare Beweise liefern. Darum haben wir auf dem Weihnachtsmarkt alles ausgespäht und jede Menge Bilder gemacht von allem, was uns verdächtig vorkam. Aber dann ging das Spiel auch schon los und die Trickbetrüger schlugen zu.«

»Aber spätestens dann hättet ihr die Polizei informieren müssen!«

»Wollten wir doch, Herr Kommissar!«, flunkerte Simon. »Gerade wollten wir 110 wählen, da fingen die Leute aber schon an zu schreien, weil sie gemerkt hatten, dass sie beklaut worden

TÖPFEREI

waren. Und dann kam die Polizei auch schon von allen Seiten angedonnert. Warum sollten wir dann noch anrufen?«

Der graue Kriminalbeamte murmelte etwas Unverständliches, dann sagte er ziemlich schroff: »Euer gesamtes Bildmaterial müsst ihr selbstverständlich der Polizei zur Verfügung stellen. Ist das klar? Meine Kollegin wird sich mit euch in Verbindung setzen. Vielleicht können wir dann einige der Täter besser identifizieren als mit den Bildern der Überwachungskameras. Wir haben da eine ganz bestimmte Bande im Visier, die wir auch für einige andere Delikte zur Verantwortung ziehen werden. Habt ihr schon mal von Cornelius Janson gehört?«

Bei Simon klingelte es sofort im Kopf. Das Türschildchen in der Zimmermanngasse! *C. Janson.* C wie Coco, C wie Cornelius. »Sie meinen Coco?«

»Genau den«, sagte Kommissar Martell. »Er ist der Anführer dieser Gang. Kennt ihr ihn vielleicht?«

Josa schüttelte den Kopf. »Kennen? Nö, wirklich *kennen* nicht. Aber wir wissen, wie er aussieht und wo er wohnt und dass er der Chef der Clique ist.«

Der Kommissar nahm für einen Moment den Hut ab und wischte sich mit dem Handrücken über die Stirn. Dann sagte er noch einmal: »Donnerwetter!« Erst zögerte er, dann fragte er direkt: »Habt ihr ihn vorhin etwa gesehen? Er war gar nicht auf dem Weihnachtsmarkt.«

»Doch!«, schrien die drei wie aus einem Mund.

»Aber auf den Überwachungskameras ist er nicht zu sehen.«

Triumphierend erklärte Hanna: »Der Drehorgelspieler mit der lustigen Verkleidung, haben Sie den gesehen? Das war Coco Janson! Er hat das Ganze doch organisiert und in seiner Trommel ist die Beute der Diebe verschwunden.« Rasch fügte sie hinzu: »Nehmen wir jedenfalls an.«

Josa fügte hinzu: »Außerdem haben wir mal scharf kombiniert: Das Spektakel auf dem Weihnachtsmarkt war bloß der erste Schritt und so was wie ein Ablenkungsmanöver. Die Polizei soll jetzt mit vereinten Kräften den Weihnachtsmarkt überwachen, dann können die Gangster ohne Probleme anderswo zuschlagen. Ist doch clever, oder?«

»Zum Beispiel in der Vorstadt-Siedlung«, ergänzte Simon. »Das haben wir uns jedenfalls so überlegt. Heute ist ein langer Samstag. Die Leute fahren für die Weihnachtseinkäufe in die Stadt. Niemand ist zu Hause. Das heißt: freie Bahn für Einbrecher ...«

»Und von den Engeln wissen wir, dass sie mit ihren Umfragezetteln gerade dorthin geschickt werden ...«

»So könnte der Plan der Clique tatsächlich aussehen.« Kommissar Martell nickte. »Woher wisst ihr das alles? Langsam mache ich mir Sorgen. Kommt bloß nicht auf die verrückte Idee, Detektive zu spielen und die polizeilichen Ermittlungen zu stören!« Er drohte den beiden Jungs jeweils mit einem Zeigefinger.

Simon setzte seinen rührendsten Dackelblick auf. »Das würden wir nie tun!«

Der Hauptkommissar hatte es nun sehr eilig. Er notierte die Namen, die Adressen und die Handynummern von Hanna, Josa und Simon. »Wie gesagt: Meine Kollegin setzt sich mit euch in Verbindung. Ihr schickt ihr dann euer Bildmaterial. Und wir sehen uns dann später im Polizeipräsidium. Ihr habt's faustdick hinter den Ohren! Und ich schätze, ihr habt mir längst noch nicht alles gesagt, was ihr wisst.« Kommissar Martell eilte davon. Ganz ohne Donnerwetter.

»Was wird denn jetzt aus Laura?«, fragte Hanna. Ihr war zum Heulen.

»Bleib ganz cool, Hanna!« Josa grinste. »Ich hab eine geniale Idee.«

»Und die wäre?« Hanna guckte Josa zweifelnd an.

»Krankenhaus!«

Was Josa wohl damit meint?
Lies morgen weiter!

19. Dezember

Katrins Auftritt

Krankenhaus? Was sollte denn der Quatsch? Simon und Hanna warfen Josa komische Blicke zu, als wäre er jetzt durchgedreht. Was sollte daran eine geniale Idee sein?

»Josa, lass die Witze!« Hanna war sauer. »Die Lage ist verdammt ernst. Ich zerbreche mir den Kopf, wie wir meine Schwester in Sicherheit bringen können, und du redest so einen Kram. Was soll ich denn ...«

»Stopp!« Josa grinste wie ein Zirkusclown. »Zerbrich dir mal lieber nicht den Kopf ... Ich hab messerscharf kombiniert. Krankenhaus – das ist die Lösung!«

»Können Simon und ich vielleicht ein bisschen mitkombinieren«, zischte Hanna giftig, »oder macht der große Meister aus seiner genialen Idee ein Staatsgeheimnis?«

Simon legte beruhigend die Hand auf Hannas Schulter. »Ganz ruhig! Die Idee mit dem Krankenhaus ist gar nicht so schlecht. Ich weiß, was Josa meint. Ich frag mich allerdings, wie wir das am besten angehen. Freiwillig spielt Laura garantiert nicht mit.«

»Ich kapiere kein Wort!« Hanna wurde noch zorniger. »Würdet ihr vielleicht mal so reden, dass ich euch verstehen kann? Was meint ihr mit Krankenhaus?«

Josa erklärte es. »Schau mal, viele Menschen sind krank, die brauchen dringend Hilfe. Da müssen Krankenschwestern her, auch wenn sie noch in der Ausbildung sind.«

Allmählich begriff Hanna, was Josa meinte. »Aber Laura hat ein freies Wochenende!«

»Und genau das müssen wir ändern.« Josa pfiff durch die Zähne. »Hast du deine Schülerkarte dabei, Hanna?«

»Klar, hab ich. Wieso willst du das wissen?«

»Weil wir jetzt zusammen in die Vorstadt-Siedlung fahren. Jemand muss doch die Oberschwester spielen – und für diese Rolle ist Katrin super geeignet.«

Hanna breitete die Arme aus und verdrehte die Augen. »Und wer ist Katrin?«

Josa patschte die rechte Faust in die linke Handfläche. »Katrin ist meine Schwester. Ein paar Jahre älter als ich, aber trotzdem ganz okay.«

Simon hatte Bedenken. »Die kann aber auch ganz schön zickig sein. Wie willst du sie rumkriegen, damit sie für uns lügt?«

Da machte sich Josa keine Sorgen. »Wenn wir ihr erklären, dass Hanna sich große Sorgen um Laura macht, dann wird sie garantiert mitmachen. Und an Weihnachten muss man hilfsbereit sein. Notfalls verspreche ich ihr auch, dass ich dreimal ihr Moped putze. Mal sehen. Jetzt sollten wir uns aber auf die Socken machen. Ab zur Bushaltestelle!«

Sie joggten los. Der Wind sprühte ihnen Schneekristalle ins Gesicht. Milchige Helligkeit hinter treibenden Wolken deutete die Position der tief stehenden Nachmittagssonne an. Musikfetzen wehten vom Weihnachtsmarkt herüber. In der Spitze der Riesenfichte, die über das Rathausdach ragte, blitzten die Lichter. Der Abgasgestank der Autos roch eklig süß.

Josa schaute auf den Fahrplan. »Oh, nein! Wir müssen fast 'ne Viertelstunde warten. Samstags fährt der Bus nicht so oft.«

»Wir können doch laufen«, schlug Simon vor. »An der Klosterruine vorbei. Dann schauen wir, ob Cocos Bus dort geparkt ist und ob in dem Kellerfenster Licht brennt.«

Josa widersprach. »Wenn wir den ganzen Weg latschen, verlieren wir viel zu viel Zeit. Paula hat mir vorhin gesagt, dass sie und die anderen Mädchen in einer Stunde zum Einsatz in unserer Vorstadt-Siedlung abgeliefert werden würden. Vermutlich von Coco mit seinem Töfftöff. Nee, wir müssen so schnell wie möglich Laura von der Clique weglocken. Also fahren wir mit dem Bus.«

Sie hopsten auf der Stelle herum, um nicht festzufrieren. Leute, die ihre Einkäufe schon hinter sich hatten, trudelten mit Tüten und Paketen beladen an der Haltestelle ein.

TÖPFEREI

Der Bus kam pünktlich. Hanna und die Jungs quetschten sich mit den Vollbepackten hinein. Munteres Geplapper und Gelache ringsum. Während der Fahrt war es stickig warm.

Als sie wenig später bei Josa zu Hause ankamen, kamen sie gerade noch rechtzeitig. Denn als Josa die Haustür aufschließen wollte, ging diese schon von selbst auf. Da stand Katrin in ihrem Steppmantel und mit ihrer Skimütze. Ein paar Sekunden später und sie wäre verschwunden gewesen.

»Toll, dass wir dich noch erwischen!«, schrie Simon. »Katrin, wir brauchen unbedingt deine Hilfe!«

»Sorry, ich bin mit Paul verabredet.«

Josa baute sich mit gefalteten Händen vor seiner Schwester auf. »Bitte! Schick Paul 'ne Nachricht, dass du so 'n Viertelstündchen später kommst! Wir haben einen Notfall, wir müssen nämlich Hannas Schwester retten.« Wie ein Wasserfall redete Josa drauflos und schilderte Katrin den Plan, wie man Laura am besten von der kriminellen Clique entfernen könnte.

Katrin hörte erstaunlicherweise geduldig und aufmerksam zu. Gefiel es ihr, dass ihre Hilfe gebraucht wurde? Reizte sie die Idee? Hatte sie Spaß, bei solch einem Verwirrspiel eine Hauptrolle zu spielen? Oder war es die Tatsache, dass ihr das Mädchen mit dem traurigen Gesicht sympathisch war? Sie gab Hanna die Hand. »Hi! Schön, dich kennenzulernen. Na, kommt erst mal ins Haus. So hundertprozentig hab ich das noch nicht verstanden. Ich soll also die Oberschwester spielen und Laura anrufen?«

»Genau«, bestätigte Simon.

Ohne lange Diskussion beschlossen sie die Taktik. Hanna schrieb die Namen der Oberschwester und des Stationsarztes, dazu weitere Namen von Pflegerinnen und Pflegern, die sie schon einmal gehört hatte, und Lauras Handynummer auf. Allerlei Geräusche wollten sie während Katrins Telefonat machen, damit es sich im Hintergrund nach viel Betrieb und Hektik auf der Krankenstation anhörte. Weil die Eltern von Josa und Katrin auch zum Einkaufen in die Stadt gefahren waren, konnten sie sich den am besten geeigneten Raum in der Wohnung aussuchen – und das war die Küche.

Entschlossen schnappte Katrin sich das Festnetz-Telefon und stellte es vor sich auf den Küchentisch. Josa ließ den Staubsauger laufen, Hanna klapperte mit Tellern und Tassen, Simon ließ Wasser ins Spülbecken plätschern. Dazu murmelten sie »Rhabarber-Rhabarber-Rhabarber ...« Die Geräuschkulisse war perfekt. Die Show konnte beginnen.

Als sich Laura nach dem fünften Klingeln endlich meldete, redete Katrin mit entnervter Stimme sofort laut und gestresst drauflos. »Gut, dass ich Sie erreiche, Laura! Hier spricht Oberschwester Hildegard. Können Sie mich verstehen? Hier ist der Teufel los! Das *reinste* Chaos. Wir brauchen Sie – und zwar sofort! Es gab zu viele Personalausfälle.« Katrin hielt den Hörer so, dass Hanna, Simon und Josa das Gebrabbel von Lauras aufgeregter Stimme mithören konnten. »Ja, Laura, ich weiß, dass Sie ein freies Wochenende haben, aber in unserem Beruf muss man flexibel sein. Die Versorgung der Patienten hat Vorrang. Wir mussten Schwester Nadja und Schwester Sarah nach Hause schicken, sie sind so stark erkältet, dass sie die ganze Station angesteckt hätten. Also, keine langen Reden. Sie kommen jetzt sofort in die Klinik!« – Brabbel-brabbel-brabbel ... – »Nein, Laura, es interessiert mich nicht, dass Sie eine Verabredung haben. Sie wissen, Dr. Schniedermann kann sehr streng sein. Wollen Sie Ihre Ausbildung aufs Spiel setzen? Ich erwarte Sie. Ja, es eilt!«

Wird Laura zum Krankenhaus kommen?
Lies morgen weiter!

20. Dezember

Sie sind schon da

Laura versuchte, sich noch ein wenig weinerlich und wütend gegen den Sondereinsatz zu sträuben – dann gab sie ihren Widerstand auf. Nein, eine Abmahnung von Stationsarzt Dr. Schniedermann wollte sie nicht riskieren.

»Na, sehen Sie, Laura, geht doch! Ich wusste, dass Sie vernünftig sind. Wir sehen uns also in spätestens einer Stunde.« Katrin legte den Hörer auf und atmete erst einmal tief durch. »Uff!«

Josa war stolz und klatschte Beifall. »Du hast deine Rolle als Oberschwester perfekt gespielt. Wie 'ne Profischauspielerin!«

Da klatschten auch Hanna und Simon. Nun hofften sie, dass Laura noch rechtzeitig aus der Vorstadt-Siedlung verschwand und rasch einen Bus zur Stadt bekam. Zur Klinik hatte sie dann noch eine Viertelstunde Fußweg.

Katrin sagte: »Aber leid tut mir das schon, dass ich Hannas Schwester so sehr reingelegt habe.«

»Mir auch«, meinte Hanna, »aber ich glaube, am Ende wird Laura uns dankbar sein, dass wir sie vor der Polizei in Sicherheit gebracht haben.« Sie versuchte zu lächeln.

Katrin schlüpfte schnell wieder in ihren Mantel. »Ich muss los. Paul wird bestimmt schon sauer sein. Wir wollen ins Kino und danach noch ein Weilchen durch die Altstadt bummeln. Schaufenster gucken.« Sie grinste. Dann war Katrin aus dem Haus.

Eigentlich wurde es für Simon, Hanna und Josa auch höchste Zeit, draußen zwischen den Häusern ein Versteck zu suchen, um das Erscheinen der Engel und der Diebe nicht zu verpassen, aber ein paar Butterbrote gegen den Hunger wollten sie vorher trotzdem noch schnell verputzen.

Doch das schafften sie leider nicht mehr.

Plötzlich stoppte ein Auto vor dem Haus, dann schrillte die

Türklingel. Hanna und die Jungs schauten sich verwundert an. Wer mochte das sein?

Es war eine junge Frau in karierter Wolljacke, mit dickem weißen Schal und einer lustigen Brille. Sie hielt Josa einen Ausweis unter die Nase und sagte ein bisschen spöttisch: »Dass ihr's mit solchen Überprüfungen sehr genau nehmt, hat mir mein Chef schon erzählt. Ich bin Kriminalassistentin Lea Weiland. Darf ich reinkommen?«

»J-j-ja, klar!«, stotterte Josa verblüfft. »W-w-woher wissen Sie denn, dass wir hier sind?«

Leises Lachen, ein Griff an die Brille. »Könnt ihr euch das nicht denken?« Lea Weiland war Josa in die Küche gefolgt. »Hauptkommissar Martell ist der Ansicht, dass ihr ihm nicht alles gesagt habt, was ihr über die Räuber vom Weihnachtsmarkt wisst, und da haben wir euch selbstverständlich nicht mehr aus den Augen gelassen. Ein Kollege ist mit euch in den Bus gestiegen.«

Simon und Josa wären vor lauter Scham am liebsten im Boden versunken. *Sie* waren doch die geheimen Ermittler, die verdächtige Typen beobachteten, und nun waren sie selber von der Kripo observiert worden, ohne es bemerkt zu haben!

»Wir hatten die ganze Zeit das Gefühl, dass uns jemand beschattete«, flunkerte Simon, »aber das war uns egal. Wir haben ja nichts zu verbergen. Was wollen Sie von uns?«

»Nur ein paar Fragen stellen. Und eure Fotos und Videos müsst ihr mir schicken. Das hatte euch der Hauptkommissar bereits angekündigt.«

Jetzt hatte auch Josa sein Selbstbewusstsein wiedergefunden. »Dürfen Sie uns eigentlich so einfach verhören? Ich meine, so ohne Anwesenheit eines Erziehungsberechtigten oder eines juristischen Beistandes?«

Jetzt lachte die Kriminalbeamtin laut. »Junge, das hast du klasse formuliert! Aber du brauchst dich nicht so aufzublasen, ich will euch doch nicht verhören, ich brauche nur ein paar

TÖPFEREI

Auskünfte. Können wir das mit den Bildern vielleicht zuerst erledigen?«

Simon nickte. »Wir holen mal eben die Handys.«

Josa flüsterte, als sie am Garderobenständer in der Diele ihre Smartphones aus den Jackentaschen fischten: »Hör zu, wir haben uns regelrecht blamiert. Wie die Anfänger! Wir schicken ihr bloß Bilder vom Weihnachtsmarkt. Vom Geheimversteck im Keller der Ruine verraten wir noch nichts. Kapiert?«

»Und warum nicht?«

»Weil wir dann noch ein Ass im Ärmel haben. Mit der Klosterruine können wir auftrumpfen, weil die Polizei noch keine Ahnung von Cocos Versteck hat!«

Lea Weiland übernahm die meisten Fotos und Videostücke von den beiden Jungs: Coco in Aktion mit der Drehorgel, später zusammen mit dem kurzen und dem langen Komplizen, Aufregung unter den Weihnachtsmarktbesuchern, hastige Zugriffe der Taschendiebe, Engel mit Befragungszetteln vor Publikumsgedrängel, entsetzte Gesichter der Beklauten ...

»Kennt ihr welche aus der Bande?«, fragte die Beamtin.

»Nö.« Simon zuckte mit den Schultern. »Hanna hat uns mal den Chef der Clique gezeigt, diesen Coco, äh, Cornelius Janson, aber sonst kennen wir keine Namen.«

Frau Weiland schob die Brille zurecht, die war ihr auf die Nasenspitze gerutscht. Dann zeigte sie auf Hanna. »Und woher kennst *du* diesen Cornelius Janson?«

Jetzt musste Hanna höllisch aufpassen. Nur ja nichts Falsches sagen! »Och, die Freundin von Coco, die ist 'ne Kollegin von meiner Schwester. Auszubildende im Krankenhaus. Wir haben uns mal getroffen. So zufällig. Also ...« Hanna wurde unsicher. »Ich will sagen, dass ich bei der Gelegenheit Coco kennengelernt habe. Seine Freundin kannte ich schon, sie heißt Karla und besucht manchmal meine Schwester.«

»Und was ist mit deiner Schwester? Gehört die auch zur Clique?«

Jetzt war Hanna in großen Schwierigkeiten. Sollte sie einfach schwindeln? Falls Laura noch gar nicht im Bus zur Innenstadt saß und vielleicht mit den anderen aus der Clique von der Polizei geschnappt wurde, würde eine Lüge alles noch schlimmer machen. Hilfe suchend blickte sie die Jungs an.

Und die halfen ihr. Gemeinsam brüllten sie lachend: »Die Laura? Nie im Leben!« Dann brabbelten sie durcheinander: »Die ist 'ne ganz Brave.« – »Hannas Schwester würde niemals bei 'ner Diebesbande mitmachen.« – »Laura klaut doch kein Geld, eher verschenkt sie es an arme Menschen.«

»Was ist mit euch? Habt ihr was mit der Clique zu tun?«

Josa bellte die Kriminalassistentin an. »Wollen Sie uns beleidigen? Wir arbeiten mit der Polizei zusammen! Schon vergessen?«

»Heute schlagen wir zu!«, jubelte Simon und ballte die Fäuste. »Wenn die Täter in die Häuser eingebrochen sind, schnappen wir sie auf frischer Tat. *In flagranti* – so heißt das in der Detektiv-Fachsprache.«

Lea Weiland winkte ab. »Falsch! Die Polizei hat zwar auch die Aufgabe, Straftäter festzunehmen, aber vor allem hat sie die Aufgabe, Straftaten *zu verhindern*. Zu einem Einbruch lassen wir es gar nicht erst kommen.« Als sie zur Haustür ging, drehte sie sich noch einmal um. »Ihr bleibt schön hier im Haus und mischt euch nicht in die Polizeiarbeit ein! Habt ihr verstanden?«

Selbstverständlich bekam sie keine Antwort. Und selbstverständlich liefen Simon, Hanna und Josa schon auf die Straße, als die Rücklichter ihres Autos im Halbdunkel verschwanden.

Da waren zwei Gestalten im Schein der Laterne vor Frau Bohnes Haus zu sehen: eine kurze und eine lange. Cocos Kumpels!

»Verdammt, sie sind schon da!«, zischte Josa.

Aber wo stecken Coco und die anderen aus der Clique?
Lies morgen weiter!

21. Dezember

Eine Falle für die Clique

Die beiden Gestalten schlenderten wie zwei miteinander plaudernde Spaziergänger durch die stille Straße mit den Einfamilienhäuschen, Bungalows und Doppelhäusern. Völlig klar: Sie spähten Wohnungen aus, hinter deren Fensterscheiben kein Licht brannte und deren Bewohner zum Shoppen, zum gemütlichen Treffen mit Freunden oder zum Bummeln durch die weihnachtlich geschmückte Stadt ausgeflogen waren. Bei Frau Bohne waren mehrere Räume hell erleuchtet, dazu flackerten die Fernsehbilder und Geräusche waren zu vernehmen. Hier war also nichts zu holen. Der Kurze und der Lange trotteten langsam weiter.

Leise sagte Simon: »Manche lassen aber auch das Licht im Haus brennen, damit es so aussieht, als sei jemand da. Es ist aber keiner da.«

»Auf so einen müden Trick fallen Einbrecher doch längst nicht mehr rein«, meinte Josa, »auch nicht auf Bewegungsmelder, die automatisch und plötzlich eine Lampe aufblitzen lassen, wenn sich einer dem Haus nähert.«

»Die Clique will sich ihrer Sache aber wohl ganz sicher sein«, erklärte Hanna, »und darum haben Karla und meine dämliche Schwester ja die Mädchen aus unserer Schule engagiert. Sie haben einen ganz einfachen Job: Sie klingeln an der Haustür. Wenn jemand öffnet, halten sie ihm den schwachsinnigen Fragebogen vor die Nase, wenn keiner aufmacht, ziehen sie weiter zum nächsten Haus. Für die Beobachter der Clique ist das dann das Zeichen, dass man versuchen kann, von der Rückseite ins Haus einzudringen und nach wertvollen Gegenständen und nach Schmuck und Geld zu suchen.«

Josa wurde ungeduldig. Er wollte den zwei Spähern nachschleichen. »Die anderen Ganoven sind sicher auch schon in der Siedlung unterwegs. Wir sollten uns besser trennen und auch in anderen Straßen Ausschau nach ihnen halten. – Sag mal, Hanna, wie viele gehören eigentlich zur Clique?«

»Weiß ich nicht genau. So um die zehn vielleicht – oder ein paar mehr. Hauptsächlich Jungs und drei, vier Mädchen.«

»Und zwei davon sind Laura und Karla«, sagte Josa.

Simon überlegte laut vor sich hin. »Irgendetwas ist unlogisch. Diese Weiland hat vorhin behauptet, dass es der Polizei vor allem darum geht, Straftaten zu verhindern. Das sehe ich doch richtig, oder?«

»Ja, das siehst du richtig, Partner. Und was ist daran unlogisch?«

»Dass die Kripo hier so 'n großes Theater veranstaltet. Da würde es doch reichen, wenn ein Streifenwagen für 'ne Weile durch die Siedlung rollen würde. Polizeipräsenz. Garantiert würden Coco und seine Gefolgschaft sofort wieder abhauen. Warum sollen die erst versuchen, Straftaten zu begehen, wenn die dann sowieso gleich geschnappt werden?«

»Wenn die Bande sich hier in unserer kleinen Siedlung versammelt, dann kann die Polizei ganz lässig die Straßen sperren und die ganze Gruppe festnehmen«, erklärte Josa. »Ich würde es genauso machen. Der Hauptkommissar Martell ist gar nicht doof. Hier werden die Einbrüche verhindert, aber es geht doch auch um die Trickbetrügerei vom Weihnachtsmarkt. Wenn man die Ganoven hier alle festnimmt, kann man ihre Gesichter und Klamotten doch mit unseren Videos und Fotos und den Bildern der Überwachungskameras auf dem Weihnachtsmarkt vergleichen. Dann hat man doch fette Beweise!«

»Stimmt!«, sagte Hanna. »Wollten wir uns nicht getrennt auch in anderen Straßen auf die Suche nach Verdächtigen machen?«

Das wollten sie und das taten sie auch.

Josa schlich dem langen Lulatsch und seinem kurzen Begleiter hinterher. Hin und wieder brabbelten sie halblaute Sätze in ihre Mobiltelefone. Gaben sie Informationen an Coco oder andere Komplizen weiter? Ging es um Straßen und Hausnum-

TÖPFEREI

mern möglicher Einbruchsziele? Planten sie die Einsätze für die Engel mit den komischen Goldflügeln?

Josa wollte unbedingt hören, was für Nachrichten die zwei austauschten, und huschte dichter an sie heran. In seinem Übereifer wurde er unvorsichtig. Da lag eine Bierdose am Rande des Bürgersteigs, die hatte er im trüben Licht nicht bemerkt. Es schepperte fürchterlich laut, als er sie mit der Schuhspitze traf und über die Straße kickte. Am liebsten wäre er im Boden verschwunden. Solch ein Anfängerfehler *darf* einem Detektiv nicht passieren!

Erschrocken fuhren die beiden Männer herum und leuchteten Josa mit Taschenlampen direkt in die Augen. Der hielt sich geblendet die Hände vors Gesicht.

»Hey, Knirps was hast du hier zu suchen?«, krächzte der Lulatsch.

»N-n-nix. Ich suche nix. Ich wohne hier.« Josa war jetzt auf der Hut, er ahnte, dass mit den beiden nicht zu spaßen war.

»Und warum läufst du hinter uns her?«, fragte der Kurze mit einem seltsam lauernden Ton in der Stimme. »Spuck's schon aus!«

»Ich kann doch laufen, wo ich will.« Josa kam in Fahrt. »Die Straßen sind für alle da!«

Der Lulatsch machte ein paar Schritte auf ihn zu. Jetzt wurde es gefährlich! Aber Josa war viel zu schnell für den dünnen Mann. Ein Land Rover rollte vorbei. Josa nutzte die Gelegenheit, um sich in einem Vorgarten hinter einer Edeltanne zu verstecken. Selbstverständlich blieb er Cocos Assistenten weiter auf den Fersen. Dieses Mal ohne Bierdosengeschepper.

Simon war inzwischen durch die Parallelstraße gelaufen und schielte unauffällig nach rechts und nach links, als er an der nächsten Kreuzung ankam. Hier war das Zentrum der kleinen Siedlung. Er nahm ein paar Leute wahr, die an einer Parkbank standen und leise miteinander sprachen. Er kannte fast alle, die hier in der Vorstadt wohnten, aber diese Gesichter hatte er hier noch nie gesehen. Waren das etwa Mitglieder der Clique, die auf ihren Einsatz warteten? Simon überlegte, wie sie wohl unbemerkt hergekommen waren. Mit Autos vielleicht, die sie am Ortsrand abgestellt hatten? Die Situation wurde spannend, denn er nahm mit geschärften Sinnen – wie ein Profispion – Witterung auf: Es bewegten sich Schatten zwischen den Häusern, im Hintergrund rollte ein Auto heran, aber niemand stieg aus. Die Luft schien vor unheimlicher Energie nur so zu knistern. Er spürte es deutlich.

Hanna hatte sich an der Ecke, an der die kleine Straße aus der Siedlung zur breiten Umgehungsstraße führte, hinter einem Müllcontainer versteckt. Von hier aus hatte sie auch die überdachte und beleuchtete Bushaltestelle im Blick. Wenn Coco die Engelsmädchen mit seinem Bus ankarrte, musste er hier in die Vorstadt-Siedlung einbiegen. Sie wartete geduldig, obwohl sie am ganzen Körper zitterte. Lag das an der Kälte oder an der Aufregung oder an beidem? Mengen von Autos brausten vorbei, im Scheinwerferlicht wirbelten Schneeflocken wie in einem irren Musikrhythmus, aus vielen Heckklappen ragten Tannenbäume.

Dann endlich, eine gefühlte Ewigkeit später, tuckerte der Bus in die Haltebucht vor dem Wartehäuschen. Lachend, quiekend und johlend hüpften die Mädchen aus dem Wagen. Mit ihnen stieg Karla aus. Sie hatte einen Packen Papier unter dem Arm. Coco blieb am Steuer sitzen.

Kann Hanna die Schülerinnen vor der Falle warnen?
Lies morgen weiter!

22. Dezember

Wenn Engel weinen

Hanna war drauf und dran, zu den Schülerinnen zu laufen und sie aufzuhalten. – Aber sie blieb in ihrem Versteck sitzen – sie wollte nicht alles noch schlimmer machen. Sie schrieb eine SMS an Simon und Josa: *Die Mädchen sind da.*

Die streiften sich im Wartehäuschen gerade die Engelskleider über und fummelten die goldfarbigen Pappflügel zurecht. Karla redete auf sie ein, zeigte mit hektischen Armbewegungen zur Siedlung und verteilte Päckchen mit Fragebögen. Die komischen Nachthemd-Engel eilten zu den Häusern. Karla kletterte zu Coco in den Bus.

Jetzt schrieb Josa, dass die Mädchen begonnen hätten, an den Häusern zu klingeln, vor allem an solchen, in denen kein Licht brannte.

Die Räuber konnten also zuschlagen.

Allerdings hatten Hauptkommissar Martell und seine Polizeitruppe etwas dagegen. Ihre Taktik funktionierte perfekt.

Plötzlich wurde es sehr laut. Josa und Simon staunten mächtig. Woher tauchten auf einmal all die Polizisten auf, die vor und hinter den Häusern mit grellen Handscheinwerfern nach den lauernden Akteuren der Clique suchten? Sie hörten Kommandorufe, von der Umgehungsstraße her schossen Streifenwagen heran und blockierten alle Kreuzungen. Polizisten mit Suchhunden kontrollierten Gebüsche, Garagen, Gartenhäuschen und Kellereingänge. Im Schritttempo fuhr ein Wagen mit Lautsprecher durch die Straßen. Eine quäkende Stimme rief: *»Achtung, Achtung! Dies ist eine polizeiliche Aktion. Halten Sie Türen und Fenster geschlossen. Lassen Sie niemand Fremden in Ihr Haus. Ich wiederhole …«*

Keine Chance für Cocos Räuberbande. Innerhalb von ein paar Minuten hatte die Polizei alle Mitglieder gefasst. Simon sah, wie der lange Lulatsch versuchte, auf einen Carport zu klettern, doch da packten ihn schon Polizistenhände bei den Beinen.

Erleichtert stellte Hanna fest, dass Laura nicht unter den Festgenommenen war. Sie war also noch rechtzeitig aus der Siedlung verschwunden.

Josa schaute zu, wie die Mitglieder der Clique zu einem Polizeibus geführt wurden. Obwohl er wusste, dass diese Leute auf dem Weihnachtsmarkt Menschen bestohlen hatten und hier in Häuser einbrechen wollten, taten sie ihm irgendwie leid.

Hauptkommissar Martell leitete den Einsatz. Im grellen Scheinwerferlicht wirkte der graue Mann silbern. Er ordnete an, dass alle aus der Clique zum polizeilichen Erkennungsdienst und zur Befragung ins Präsidium gebracht werden sollten und dass die Eltern von denen, die noch nicht 16 Jahre alt waren, hinzugezogen werden müssten.

Wo steckte Coco? Wo steckte Karla?

Die sieben Mädchen hatten jetzt erst wirklich begriffen, dass sie zuerst beim Trickdiebstahl und nun bei dem geplanten Raubzug als Ablenkung benutzt worden waren. Ihre nutzlosen Fragebögen warfen sie wütend auf die Straße, dann rissen sie sich die Nachthemden mit den goldenen Pappflügelchen vom Körper und trampelten auf den Fetzen herum. Beschämt, verzweifelt und außer sich vor Enttäuschung weinten, schimpften und kreischten sie durcheinander. Kriminalassistentin Lea Weiland gab sich große Mühe, die aufgebrachte Schar zu beruhigen, und Hanna versuchte, ihren Mitschülerinnen zu erklären, dass sie jetzt nicht die Nerven verlieren sollten.

Die Mädchen wollten schnell weg von hier und nur noch nach Hause. Sie riefen ihre Eltern an, um sich abholen zu lassen. Erschrocken zitterten sie noch immer von dem Tumult, den das plötzliche Auftauchen der Polizei, der Lärm und die Festnahmen der Bandenmitglieder erzeugt hatten. Warum waren sie den Ganoven so arglos auf den Leim gegangen? »Eine wissenschaftliche Umfrage nach dem Verhältnis der Bürger

TÖPFEREI

zu Engeln, dass ich nicht lache!«, meinte eines der Mädchen aufgebracht.

Auf einmal fiel Kommissar Martells Blick auf Josa und Simon. »Donnerwetter! Ihr schon wieder? Das darf doch nicht wahr sein! Hat meine Mitarbeiterin euch nicht gesagt, dass ihr im Haus bleiben solltet und dass ihr euch rauszuhalten habt?« Vielleicht hatte der Hauptkommissar auch gar keine Antwort auf seine Frage erwartet. Denn er fügte schnell brummig hinzu: »Den Anführer der Diebesbande, Cornelius Janson, haben wir leider nicht geschnappt. Habt ihr ihn irgendwo entdeckt – möglicherweise in einer anderen Verkleidung? Er ist doch der Strippenzieher im Hintergrund.«

Hanna näherte sich. Sie hatte die Frage des Kommissars mitgehört. »Coco ist mit seinem rostigen Bus weitergefahren, als er die Mädchen an der Bushalte abgesetzt hat. Zusammen mit seiner Freundin. Vielleicht haben sie mit den anderen aus der Clique einen Treffpunkt vereinbart, wo die gestohlenen Sachen gesammelt werden.« Hanna musste erst einmal fürchterlich niesen, dann fügte sie hinzu: »Zum Klauen kam's dann aber ja nicht mehr, weil Sie ihnen eine Falle gestellt haben.«

Der Kommissar klatschte in die Hände. »Gut. Den Coco Janson werden wir jetzt zur Fahndung ausschreiben. Sein Autokennzeichen haben wir ja. Oder habt ihr 'ne Ahnung, wo er sich verkrochen haben könnte?«

Jetzt! Jetzt hatten Josa und Simon ihren großen Auftritt. Der Moment für das Ass im Ärmel war gekommen. Jetzt konnten sie den Kriminalhauptkommissar Gunter Martell noch einmal zum Staunen bringen.

»Coco ist verflucht clever. Als der spürte, dass die Polizei in der Nähe war, da ist er garantiert abgedüst zu seinem Geheimversteck. Bloß weiß er nicht, dass mein Freund und ich das Versteck längst entdeckt haben«, erklärte Josa stolz. »Ich wette, dass sich dort auch die Beute der Taschendiebe vom Weihnachtsmarkt befindet!«

»Und wo ist dieses Geheimversteck?«

Die Jungs erklärten dem Kommissar, dass es sich um eine Art unterirdische Räuberhöhle handele und dass sie gerne dazu bereit wären, den Weg zu dem Unterschlupf zu zeigen. Klar, sie hätten auch einfach sagen können, dass Coco und seine Freundin sich höchstwahrscheinlich im Kellergewölbe der Ruine vom alten Benediktinerkloster versteckten, aber sie wollten unbedingt dabei sein, wenn der Boss der Trickbetrüger verhaftet würde. Dies war doch nicht nur ein Fall für die Kriminalpolizei, dies war auch ein Fall für die Detektive Simon und Josa! Jedenfalls sahen die beiden das so.

Dem Kommissar gefiel das ganz und gar nicht. Er konnte die zwei Jungs doch nicht zu einem Polizeieinsatz mitnehmen. »Woher wisst ihr von dem Versteck? Habt ihr das selber gesehen? Gibt es irgendwelche Hinweise ...«

»Gibt es«, sagte Simon bestimmt.

Er und Josa zogen ihre Handys aus den Taschen und zeigten dem Kommissar die Bildsequenzen, die sie im düsteren Keller aufgenommen hatten. Da waren auch die Hemden mit den Goldflügelchen zu sehen.

»Donnerwetter!«, knurrte der Kommissar. »Ihr habt es faustdick hinter den Ohren. Aus euch werde ich nicht schlau.« Das hörte sich halb vorwurfsvoll und halb anerkennend an. »Und wo finden wir diesen unterirdischen Raum?«

Josa hob die Arme in die Luft. »Schwer zu erklären. Wir fahren mit Ihnen und zeigen Ihnen den Weg. Wir dürfen keine Zeit verlieren!«

Während die beiden Jungs den Polizisten zu den Autos folgten, rief Hanna ihren Vater an. Sie wollte schnell nach Hause. Bestimmt hatte Laura den Schwindel inzwischen durchschaut. Da gab es viel zu reden.

Ob Simon und Josa die Polizeiaktion miterleben?
Lies morgen weiter!

23. Dezember

Der Räuberhauptmann gibt auf

Ein Kriminalbeamter in Zivilkleidung steuerte den ersten Wagen. Neben ihm saß Hauptkommissar Gunter Martell. Auf den Rücksitzen hockten Simon und Josa, zwischen ihnen Kriminalassistentin Lea Weiland. Zwei Streifenwagen mit uniformierten Polizisten folgten. Der Verkehr auf der Umgehungsstraße hatte ein wenig nachgelassen.

»Langsam!«, rief Simon. »Jetzt links in den asphaltierten Fahrweg rein. Der ist ziemlich holprig.«

Der Hauptkommissar drehte sich irritiert zu den Jungs um. »Aber dieser Feldweg führt doch bloß quer durch die Äcker und an der Klosterruine vorbei!«

»Und exakt dorthin müssen wir.« Josa spürte, wie sein Herzschlag schneller wurde, denn er ahnte bereits den Tobsuchtsanfall des Kommissars. »Die Klosterruine ist unser Ziel, da befindet sich der Keller, in dem ...« Weiter kam Josa nicht.

»Don-ner-wet-ter!« Der Kommissar holte tief Luft, dann schimpfte er los: »Ich fass es nicht! Ihr habt mich reingelegt! Der Weg zum geheimnisvollen Kellerraum ist schwer zu erklären, ja? Das habt ihr zwei doch behauptet, oder? Warum habt ihr nicht einfach gesagt, dass es sich um das Gewölbe unter der Ruine handelt? Jetzt durchschaue ich euch! Ihr wollt dabei sein, wenn uns dieser Janson ins Netz geht. *Falls* er uns ins Netz geht. Und *ich* falle darauf rein!«

»Das dürfen Sie nicht so eng sehen«, erklärte Simon beschwichtigend. »Immerhin haben wir der Polizei wichtige Tipps gegeben. Also sind wir irgendwie an dem Fall auch beteiligt ...«

Schnell redete Josa drauflos, bevor Kommissar Martell weiterschimpfen konnte. »Wichtige Tipps, jawohl, wie mein Freund schon sagte. Entscheidende Hinweise waren das sogar. Das müssen Sie doch zugeben.«

Simon redete weiter. »Unser Interesse ist rein beruflich. Josa und ich wollen nämlich später auch mal Kriminalpolizisten werden.«

Grinste der Kommissar? Jedenfalls hörte sich seine Stimme nicht mehr so wütend an. »Jetzt seid mal still! Ich muss mich konzentrieren. Und dass ihr ja im Wagen sitzen bleibt! Meine Kollegin passt auf, dass ihr auf keinen Fall aussteigt.«

»Mach ich, Chef«, bestätigte die Kriminalassistentin.

Die Strahlen der Scheinwerfer tasteten sich hüpfend über Äcker, verschneite Wiesen und Gesträuch. Manchmal drehten die Räder der Autos durch auf dem matschigen Boden.

»Da!«, rief Simon plötzlich und zeigte zu einer Baumgruppe. »Da steht Cocos Bus!«

Alle drei Polizeifahrzeuge stoppten. Sämtliche Lichter wurden ausgeschaltet. Routiniert und schnell machten sich die Einsatzkräfte bereit, das Gelände der Ruine zu umstellen. Geduckt und in gehörigen Abständen schlichen sie lautlos die Wiese hinunter.

Hauptkommissar Martell war noch immer besorgt. Eindringlich redete er auf seine Kollegin ein. »Die Jungen müssen im Auto bleiben. Notfalls legen Sie ihnen Handschellen an, verstanden?«

»Wir brauchen doch kein Kindermädchen!«, zischte Simon.

Und Josa rief dem Kommissar mit gedämpfter Stimme nach: »Noch ein wichtiger Tipp von uns: Auf der anderen Seite der Ruine ist ein Loch in den Maschendraht geschnitten worden. Da kann man in das Gelände einsteigen. Viel Erfolg!«

Von der Klosterruine her drangen Geräusche durch die Stille. Geklapper, als würden Türen zugeschlagen werden. Josa presste sein Fernglas mit Restlichtaufheller vor die Augen. Die Entfernung war groß, aber undeutlich konnte er erkennen, dass sich zwei Gestalten vom Ruinengelände wegbewegten. Die Polizisten brauchten also gar nicht in den abgesperrten Bereich einzudringen, denn die Gesuchten kamen ihnen bereits entgegen.

TÖPFEREI

Plötzlich flammten grelle Handscheinwerfer auf. Die Strahlen verzauberten die schwarzen Mauern zu richtigen Filmkulissen, sie erfassten auch die beiden Personen, die erschrocken in der Bewegung erstarrten.

Coco und Karla.

Coco hatte die Trommel mit der Diebesbeute vom Weihnachtsmarkt fallen gelassen und hob die Hände. Anscheinend erkannte er in diesem Augenblick, dass sein Räuberspiel aus war, und versuchte gar nicht erst zu fliehen. Karla stieß einen schrillen Schrei aus und ließ den Griff der Drehorgel los. Der Leierkasten kippte um und plumpste in den Schnee.

Die Stimme des Kommissars war aus dem Dunkeln zu hören. »Bleiben Sie stehen! Keine hastigen Bewegungen! Hier spricht Hauptkommissar Martell von der Kriminalpolizei. Sie sind festgenommen!«

»Lass mich auch mal schauen!« Simon riss seinem Freund das Nachtglas aus den Händen. »Wow!«

Polizisten eilten auf Coco und Karla zu. Alles ging rasch und ohne großes Spektakel. Ein Beamter wuchtete sich die Trommel mit Inhalt auf die Schulter, eine Polizistin zog die Drehorgel hinter sich her. Die beiden Festgenommenen wurden zu den Streifenwagen geführt.

Josa und Simon konnten sie jetzt aus der Nähe sehen – für einen Moment jedenfalls. Coco wirkte wie benommen und ließ alles mit sich machen. Trotz des geschlossenen Wagenfensters konnten die Jungs hören, dass seine Freundin schluchzte, als sie in das Polizeifahrzeug geschoben wurde. Die beiden Wagen wendeten und rollten davon.

Simon hatte die letzte Szene mit Coco und Karla gefilmt und steckte sein Smartphone in die Tasche. »Oje, jetzt müssen wir den langen Weg wahrscheinlich gleich zu Fuß nach Hause latschen. Hab ich einen Hunger!«

»Und ich erst!«, stöhnte Josa. »Ich könnte mehr Wildschweine verputzen als Obelix. Ein halbes Dutzend, mindestens.«

Lea Weiland und die Jungs stiegen aus dem Auto. Kommissar Martell und sein Kollege diskutierten miteinander. Offenbar ging es um Cocos Bus. Dann gab der Hauptkommissar knappe Anweisungen über sein Handy.

»Donnerwetter, das war ein erstklassiger Tipp.« Er schlug Simon und Josa anerkennend auf die Schulter, dann wandte er sich an die Kriminalassistentin. »Harald und ich wollen uns den Klosterkeller schon mal anschauen. Die Leute von der Spusi sind unterwegs und nehmen sich dann den Bus vor, der wird anschließend abgeholt.« Er drehte sich zu den Jungs um. »Spusi ist die Abkürzung für Spurensicherung.«

Josa lächelte. »Das wissen wir doch!«

»Entschuldigung! Ich hab vergessen, dass ihr ja Profis seid. Könnt ihr morgen mal für so 'n Stündchen zu mir ins Präsidium kommen? Ich will von euch alles wissen, was ihr über die Clique herausgefunden habt, und euer gesamtes – und ich meine wirklich euer gesamtes – Bildmaterial brauche ich auch. Zehn Uhr. Ist das okay? Eure Freundin rufe ich auch an. Sie soll auch kommen.«

»Sie ist nicht unsere Freundin«, sagte Simon. »Sie ist unsere Auftraggeberin. Es ging alles um ihre Schwester Laura, die sollten wir vor dem Klauen bewahren.«

Der Kommissar schaute die beiden zufrieden an. Dann fragte er seine Kollegin: »Lea, Sie könnten unsere beiden Profis mal eben nach Hause fahren. Es wird Zeit für die beiden ... Und dann kommen Sie wieder hierher.«

Josa freute sich. »Oh ja! Am besten mit Sirene und Blaulicht! Geht das?«

Haben die zwei Detektive ihren Job erledigt?
Lies morgen weiter!

24. Dezember

Weihnachtsmänner und Detektive

Sonntagmorgen. Josas Vater bestand darauf, bei dem Gespräch mit dem Kriminalkommissar dabei zu sein. Er hatte geahnt, dass Josa und Simon sich wieder einmal in Ermittlungen eingemischt hatten, nun wollte er es genau wissen. Sie holten Simon zu Hause ab und fuhren mit dem alten Volvo zum Polizeipräsidium in der Stadt. Weiche Schneeflocken trudelten aus den grauen Wolken.

Hanna war schon da. Die Jungs stellten erstaunt fest, dass Laura auf dem Stuhl neben ihr saß. Ihren komischen Poncho hatte sie sich über die Knie gelegt.

Kommissar Martell machte einen irgendwie zerknitterten Eindruck, es war wohl eine lange Nacht für ihn gewesen: Die Trickdiebe waren verhört worden, bestohlene Weihnachtsmarktbesucher waren gekommen, um ihr Eigentum abzuholen, das Vorstrafenregister war mit den Namen der Cliquenmitglieder überprüft worden, das Bildmaterial musste bis in jede Kleinigkeit ausgewertet werden ... Routinearbeit der Polizei.

Ein junger Kriminalbeamter rückte vor dem Schreibtisch des Kommissars Stühle zurecht und brachte Becher mit Kaffee.

Josa wusste aus Fernsehfilmen, dass auf Polzei-Revieren anscheinend dauernd Kaffee geschlürft wurde. Hier wohl auch. Obwohl Josa keine Ahnung von Kaffee hatte und ihn nicht gerade lecker fand, dieser schmeckte definitiv scheußlich! Nachdem er sieben Würfel Zucker in die braune Flüssigkeit versenkt hatte, ging es einigermaßen. Sein Vater setzte sich auf den Heizkörper am Fenster, er wollte nur zuhören.

Kommissar Martell sagte ein paar Worte zur Begrüßung und fragte dann: »Wer will anfangen? Ich will die ganze Geschichte hören.« Er zeigte mit dem Finger zuerst auf Simon und dann auf Josa. »Aus welchem Grund habt ihr euch auf die Lauer gelegt und Cornelius Janson und seine Bande beobachtet?«

Hanna wollte anfangen. »I-i-ich war der Grund.« Zuerst ein bisschen zögerlich, dann aber entschlossen und fast zornig berichtete sie, dass sie die beiden Jungs aus der Parallelklasse um Hilfe gebeten habe, weil sich in der Schule herumgesprochen hatte, dass Simon und Josa detektivische Fähigkeiten besäßen. Die Umfrage nach der Meinung der Leute zum Thema Engel habe sie zuerst sehr ernst genommen, bis sie plötzlich erkannt habe, dass die Mädchen bloß zur Ablenkung bei einem bösen Verwirrspiel gebraucht wurden. »Ich hab sie angefleht, nicht mitzumachen, weil da was Kriminelles geplant werden könnte, aber die haben mich bloß ausgelacht.« Hanna schaute ihre Schwester an. »Und Laura blieb stur und wollte mir nicht zuhören. Da brauchte ich die Hilfe von Josa und Simon!«

Laura knetete verlegen ihre Finger, gab sich dann aber einen Ruck und schaute dem Kommissar offen ins Gesicht. »Ja, ich hab es inzwischen kapiert, dass ich mich von den Typen habe einwickeln lassen. Ich schäme mich auch furchtbar, dass ich so doof war. Aber nach dem Tod unserer Mutter fühlte ich mich so allein und einsam und da war Karla so freundlich zu mir und hat mich mitgenommen in die Clique. Ich wollte dazugehören zu einer Gruppe, zu irgendeiner Gemeinschaft.«

Kommissar Martell nickte bedächtig und tippte mit den Fingern auf die Schreibtischplatte. »Das verstehe ich, auch wenn Sie einen riesigen Fehler gemacht haben, Laura. Zugehörigkeitsgefühl! Für junge Leute ist das oft ein Grund, Straftaten zu begehen. Einfach mitmachen um jeden Preis. Nicht kneifen. Bloß nicht selber denken. – Gruppenzwang! – War es so?«

»Ich sollte doch nur Schmiere stehen«, sagte Laura leise, »ich wollte doch gar nicht selber klauen.«

Dazu hatte der Kommissar aber eine ganz andere Meinung. »Wer für Diebe Schmiere steht, der ist selber ein Dieb.«

»Ich weiß. Und darum bin ich ja auch mit Hanna hierhergekommen. Alle sollen hören, dass mir mein Fehler sehr, sehr leidtut – und dass mir das alles so peinlich ist.«

TÖPFEREI

Hanna sprang vom Stuhl auf. »Aber Laura hat ja gar nicht Schmiere gestanden! Auf dem Weihnachtsmarkt konnte ich ihr das zum Glück noch rechtzeitig vermasseln und Josa und Simon haben in der Vorstadt-Siedlung verhindert, dass meine Schwester überhaupt dabei war.« Hanna lächelte den Jungs zu. »Die Idee mit dem Anruf vom Krankenhaus war genial.«

Laura versteckte ihr Gesicht in den Handflächen. Heulte sie? Kicherte sie? »Zuerst war ich stinksauer, weil sie mich so reingelegt haben, aber dann hab ich begriffen, dass sie mir nur helfen wollten. Danke, ihr seid echte Meisterdetektive!«

Meisterdetektive! Das war das Stichwort für Josa und Simon. Nacheinander, miteinander und durcheinander schilderten sie wortreich und mithilfe von Armen und Beinen ihre Taktik bei der Lösung dieses Kriminalfalls: Wie sie das Geheimversteck in der Ruine des Klosters ausgekundschaftet hatten, wie sie den als Drehorgelspieler verkleideten Coco entlarvt hatten, wie sie die Trickdiebe gefilmt hatten und wie sie den Goldflügel-Engeln die Information entlockt hatten, dass noch eine weitere Umfrage geplant war ...

Hauptkommissar Martell brummte: »Donnerwetter!« Er klang freundlich, als er zu Laura sagte: »Aber eigentlich wäre es Ihre Bürgerpflicht gewesen, die Polizei von den kriminellen Vorhaben dieser Clique in Kenntnis zu setzen!«

»Jetzt hab ich's verstanden«, antwortete Laura. »Ich wollte halt keine Verräterin sein. Wie konnte ich nur so doof sein!«

Die Aussagen waren mit dem Tonbandgerät aufgenommen und die Videos von der Polizei in ganzer Länge zum Beweismaterial hinzugefügt worden. Der grässliche Kaffee war ausgeschlürft. Ende der Befragung!

Aber Josas Vater wollte noch etwas wissen. »Was geschieht denn nun mit den jungen Leuten, die bei der Razzia gefasst wurden?«

Hauptkommissar Gunter Martell überlegte kurz. »Der Staatsanwalt entscheidet, ob Strafverfahren eingeleitet werden. Der eine oder andere aus der Clique ist durchaus polizeibekannt. Ladendiebstahl, Körperverletzung, Sachbeschädigung ... Die Rauschgoldengel sind natürlich entlastet. Sie hatten ja keine Ahnung, dass sie als Köder benutzt wurden. Das Wichtigste ist, dass wir diese Räuberbande gefasst haben.« Er zwinkerte Josa und Simon zu. »Wir hatten ja auch clevere Mitarbeiter.«

Die dicke Überschrift auf der Titelseite der Kreiszeitung am Montag lautete:

TRICKDIEBE VOM WEIHNACHTSMARKT GEFASST
Schneller Erfolg der Polizei: Junge Detektive
entdeckten Geheimversteck

Klar, Simon und Josa genossen die bewundernden Blicke der Mitschüler, als sie am Morgen auf dem Schulhof erschienen. Selbstverständlich hatte Hanna längst vom Erfolg der beiden Jungs berichtet. Auch die Engelsmädchen lächelten ihnen freundlich, wenn auch etwas peinlich berührt, aus der Ferne zu.

Hanna überreichte Josa und Simon sehr feierlich eine große Tüte. »Da, für euch! Ein kleines Dankeschön von Laura und mir für eure Hilfe – selbst gebacken.«

Es waren riesige Weihnachtsmänner aus Hefeteig und mit Schokoladenverzierung. Ein bisschen pummelig waren sie, da sie so aufgegangen waren, aber gerade noch zu erkennen.

»Meiner sieht aus wie Anton«, behauptete Josa.

Simon grinste. »Hauptsache, die schmecken.« Dann biss er seinem Weihnachtsmann die Zipfelmütze vom Kopf.

Da steckte auch eine Karte mit einer schönen Schneelandschaft in der Tüte. In bunten Buchstaben hatten Hanna und Laura geschrieben:

FROHE WEIHNACHTEN!

Jo Pestum

Die Jagd nach dem Weihnachtsgespenst

Ein Weihnachtskrimi in 24 Kapiteln

Im Laden der netten Frau Käfer geht es nicht mit rechten Dingen zu, das spürt Lisa genau. Die sonst so fröhliche Dame wirkt plötzlich ängstlich und nervös. Als Frau Käfers Kater spurlos verschwindet, weiß Lisa, dass ihr detektivischer Spürsinn gefragt ist. Zum Glück hat sie Freunde, die ihr bei den Ermittlungen helfen. Im Schneegestöber beobachten sie eine unheimliche Gestalt. Steckt hinter all dem etwa ein Gespenst ...?

Arena

200 Seiten • Gebunden
Mit perforierten, geschlossenen Seiten
ISBN 978-3-401-60037-6
www.arena-verlag.de

Jo Pestum

Gefährliche Spur im Weihnachtswald

Ein Weihnachtskrimi in 24 Kapiteln

Benno traut seinen Augen kaum: Da steigt doch tatsächlich jemand in den winzigen Kellerschacht in ihrem Haus ein! Wer ist denn bitte so gelenkig? Hat der Einbruch vielleicht sogar etwas mit den Autodieben zu tun, die die friedliche Weihnachtszeit dazu nutzen, die Stadt unsicher machen? Die Superdetektive Benno und Patrick machen sich sofort daran, den Fall zu untersuchen ...

Arena

200 Seiten • Gebunden
Mit perforierten, geschlossenen Seiten
ISBN 978-3-401-06960-9
www.arena-verlag.de

Jo Pestum

Weihnachtsspuk um Mitternacht
Ein Weihnachtskrimi in 24 Kapiteln

David ist entsetzt: Bei seiner Oma Tilde spukt nachts ein riesiger Engel und singt schrecklich schräge Weihnachtslieder. Zum Fürchten findet er das! Zusammen mit Marie, Nana und Fabian macht David sich auf die Jagd nach der unheimlichen Erscheinung und begegnet dabei rätselhaften Dunkelmännern, schmierigen Immobilienhändlern und skrupellosen Trickbetrügern.

Arena

200 Seiten • Arena Taschenbuch
Mit perforierten,
geschlossenen Seiten
ISBN 978-3-401-50484-1
www.arena-verlag.de